Chara

制服と王子

杉原理生

JN266929

キャラ文庫

この作品はフィクションです。
実在の人物・団体・事件などにはいっさい関係ありません。

目次

口絵・本文イラスト／井上ナヲ

一章

ゆるやかな坂道をのぼりきると、アール・ヌーボー調の唐草模様《からくさ》を施した鉄製の大きな門扉が見える。力強さとしなやかさを併せ持つ意匠は、校風を象徴しているのだと学校の説明会で聞いた記憶があった。

校舎と学生寮は緑豊かな樹木に囲まれた敷地のなかにあり、街の人間には「坂の上の学校」と呼ばれる――森園《もりぞの》学院高等学校は全寮制の男子校だ。

煉瓦《れんが》造りの旧い学び舎《や》の壁面にはところどころ蔦《つた》がからまり、白い窓枠と緑とのコントラストを演出している。大正時代に建設されたという校舎はレトロな建築物として有名で、敷地内に一歩足を踏み入れた途端、ここはほんとうに日本なのだろうかと錯覚してしまう。プロテスタント系の学校ということもあって、シンボルのようにそびえたつチャペルの尖塔《せんとう》の十字架にくわえて、高台にある外界と遮断されたような空気がさらに異国めいた特殊な雰囲気に拍車をかけるのだ。

森園は地元では有名な進学校で、「坂の上の学校にいっている」といえば聞こえはいいのだが、生徒はみな「『坂の上の囚人』だ」と嘆く。世間には楽しいことがいっぱいあるはずなのに、なにが哀しくて全寮制の男子校などに入ってしまったのか——という自嘲《じちょう》と、地元の名門だという矜持《きょうじ》をストレートにだせない思春期特有のひねくれた思いが複雑に絡みあっているのだ。

僕にしてみれば、外界から隔たれた「囚人」になれるのは大歓迎だった。

仕立ての良い、胸元にエンブレムのついた紺色のブレザーと、首もとをひきしめる紺とえんじ色の斜め縞のネクタイ、この制服に身をつつめば、とりあえず中身がどんなものであろうと、誉れ高い名門、森園学院の生徒が出来上がる。

ある意味、楽な記号化。その制服を着ているあいだは、ただ森園の生徒であればいい。ほかの何者にもならなくていい。その窮屈さが、却《かえ》ってありがたかった。

うまくやらないと——。

僕が入学式よりも一足先に入寮のために訪れたその日、まだ空気はひんやりとしていたが、日差しは軽やかに澄んでいた。

門から案内通りに学生寮に進めばよかったのに、雰囲気のある煉瓦造りの建物を見ながら歩いているうちにいつのまにか迷ってしまった。一度見学にきているものの、正門からの道を外れてしまうと、似たような建物ばかりでどちらに進んでいいのかわからない。

案内板をさがそうとあたりを見回したところで、ちょうど目の前の建物の脇からひとが出てきたので「すいません」と声をかける。

上級生らしい彼はすぐにこちらに気づいて、僕のほうへと寄ってきてくれた。まだ色の薄い黄緑色の葉をつけている大きなケヤキの下を通って、木漏れ日を浴びながら近づいてきた彼の容貌に目を瞠《みは》る。

没個性のはずのブレザーの制服に身をつつみながら、その上級生は目を引くほどに背がすらりと高くてスタイルが良かった。

なによりも——僕を見下ろしてきたその顔が、滅多にお目にかかれないほど見事な造形だったので息を呑んでしまった。少し異国の血が入っているのかと思わせる、彫りの深い甘く整った顔立ち、やわらかな栗色の髪がかかった目許はカラーコンタクトを入れたみたいに不思議な薄い色をしていた。

蔦のからまる赤煉瓦の壁を背景にしていると、そこに完璧な一枚の絵が出現したみたいに似合っていた。

「新入生？」

「はい。寮はどっちに行けば——」

「青嵐《せいらん》？　若葉《わかば》？」

「若葉寮です」

「本校舎の裏手だよ。ここは図書館。左手にまっすぐいって、一番背の高い建物が本校舎。その裏側を歩いていけば着く。少し待っててくれれば、一緒に行くけど」

彼は手にした本を示してみせる。これを図書館に返却してくるから待っていてくれといっているのだろう。

僕が「大丈夫です」とことわると、「そう——？」と作り物みたいに綺麗な顔が静かに微笑《ほほえ》んだ。

「入寮受付、四時までだよ。もうすぐ終わる。急いだほうがいい」

お礼をいって「失礼します」と立ち去ろうとしたところ、「待って」と呼び止められた。

振り返ると、彼はかすかに唇の端をあげたまま、「コレあげる」と手を伸ばしてきた。雰囲気に呑まれて手をだすと、綺麗な色の包みのキャンディをひとつふたつと落とされて、僕は目を丸くした。

子どもではあるまいし、いきなりキャンディなんてもらっても困る。

「……あ、ありがとうございます」

「どういたしまして。またね」

悠然と図書館へと入っていく上級生の背中を見送りながら、僕はしばしその場に立ちつくした。まるで絵に描いた王子様みたいな……。

白昼夢でも見たような気分になりながら、上級生の案内してくれたとおりに歩きだしてしばらくすると、本校舎の裏庭の先に学生寮が見えてきた。森園にはふたつの寮があって、ひとつ

は近年建てられた青嵐寮、もうひとつがここ——校舎と同じく煉瓦造りの旧い建物である若葉寮だ。

青嵐寮は校舎の敷地と道を一本隔てたところにあった。管理を完全に民間に委託しているとあって、寮というよりも学生マンションのような造りだ。対して、若葉寮は生徒たちによる自治が認められていて、だいぶ性格が異なるらしい。普通は新しい寮に皆入りたがりそうなものだが、旧いとはいえ風情のある建物なので若葉寮も人気が高い。何度も建て替えの話があったらしいが、そのたびに歴史的建築物だからという意見や卒業生たちの反対で見送られてきた。だが、耐震問題もあるので、数年のうちには本格的に建て替えも検討されているとも聞いていた。

旧い学生寮の扉には、「ようこそ若葉寮へ　入寮手続きはこちら」という手書きの案内ポスターが貼られてあった。観音開きの重厚そうな扉を開けると、笑いざわめく声が聞こえた。

「……でさー、あいつら、おっかしいの」

玄関ホールに長机が置かれていて、寮生の先輩たちによる受付が設けられていた。机にふたりが並んで座っていて、その背後にひとりが立っている。

僕の姿を見て、先輩たちはぴたりとしゃべるのをやめた。背後の大柄なひとりが、こちらを見ながら「ひゅう」とからかうように口を鳴らす。座っている眼鏡《めがね》の先輩がにっこりと笑って「こっちこっち」と手招きした。

先輩たちは全員制服を着ていたので、私服だった僕は少し恐縮する。先ほどの上級生も制服だった。まだ学校がはじまっていなくて入寮だけとはいえ、僕も制服を着てくるべきだっただろうか。

見知らぬひとの品定めするような視線が、少し痛い。

「遠山《とおやま》──遥《はるか》です」

「はい、遠山遥くんね。俺は副寮長の御園《みその》です」

副寮長の御園先輩は、女性的といってもいいくらい綺麗な顔をしていた。眼鏡の奥の睫毛《まつげ》がやたらと長い。

ふと、長机のうえに先ほどもらったのと同じキャンディが散らばっているのに気づく。御園先輩にひとなつっこい笑顔で「食べる?」と訊《き》かれて、僕はあわてて「いえ」とかぶりを振った。

「はい、じゃこれ、案内とかいろいろ」とプリントの束を手渡してくれながら、受付のチェックを入れて部屋番号を確認する。

「遠山くん……部屋は二〇六号室ね」

後ろから部屋割りを覗《のぞ》き込んだひとりが「王子と一緒か」とぼそりと呟《つぶや》く。

王子……という苗字のひとが同室なのだろうかと思った。しかし、告げられたのはべつの名前だった。

「同室は篠宮和彦《しのみやかずひこ》。うちの寮長です。さっきまでここにいたんだけど、ちょっと外してる。入寮希望の説明会で聞いてると思うけど、若葉寮は伝統的に新入生と先輩である二年生の二人部屋です。わからないことがあったら、同室の先輩の篠宮になんでも訊いてください。寮生活についての詳しい説明は十六時半から食堂で行われます」

僕は「よろしくお願いします」と頭を下げてから踵《きびす》を返した。廊下を階段方向に曲がったところで、ぼそぼそと玄関ホールからの話し声が聞こえてくる。

「……えらく綺麗なのが最後にきた。名前もかっわいいの」

「二〇六号室、顔面偏差値、異様に高くない？　新入生まで王子タイプじゃん。御園たち、顔の種類別に部屋割りしてんの？」

「こらこら、んなわけないでしょ」

悪くいわれているわけではないとわかっていても、僕はこころもち足を速めて階段をかけあがった。

初対面で相手に優等生というか、かしこまったふうに見られるのには自覚があった。繊細だといわれる目許や顔のつくりは母譲りだ。端整な容姿だと褒められることはあったが、外見に対する好意なんて中身が追いつかなければすぐに相手の顔が失望に彩られるのも知っている。

玄関ホールを境にして、寮の建物は左右にA棟、B棟とわかれており、僕の部屋はA棟にあった。すでに大半の生徒は説明会のために食堂に集まっているらしく、部屋が並んでいる棟は静寂につつまれていた。北側に面している廊下は暗く、ひと気がないせいもあって、靴音がやけに大きく響いた。

　館内は何回かリフォームされているらしく、外観から受ける印象よりは小綺麗だった。何度も塗り直された白い漆喰《しっくい》の壁、階段の手すりはやはり凝った造りのロートアイアンが使われていて、外国の映画にでてくる旧いアパートメントのようだ。

　館内図を見ながら歩き、二〇六号室の前に立ったとき、さすがに緊張した。

　同室者はいま留守らしいが、一応ノックしてからドアをそっと開けて覗いてみる。やはり室内には誰もいなかった。八畳ほどの広さの洋屋は左右にそれぞれ机とベッドがひとつずつ並べられていた。右側には私物が置いてあり、使用中だということが見てとれた。左側には僕が宅配便で送った荷物の箱が並べてある。

　旧いのによく手入れされて長年使われてきた部屋は、新築のようにピカピカではないけれども、冷たいよそよそしさはなくて、しっとりと馴染むような空気と、清潔な匂いがした。白い枠の大きめの窓からは、校舎の裏庭の木々の新緑が絵葉書みたいに綺麗に切り取られていた。陽光を混ぜあわせたような鮮やかな明るい緑。廊下は暗かったのに、部屋は春の光に照らされていて明るかった。

　いきなり暗闇から光のなかに引っ張りだされたみたいに、僕は明暗の落差に軽く眩暈《めまい》を覚えて、左側のベッドに腰を下ろした。同室者がいないせいで気が抜けたせいもある。たしか寮長だといっていた……。

鞄《かばん》のなかのピルケースから、気持ちを落ち着かせるための白い錠剤を取りだしかけて、手を止める。もういつもは飲んでいない。お守りのようにもっているだけ。

ふとポケットにしまったキャンディのことを思い出して、包みをひらいて口に入れてみた。

……子どもっぽい甘い味がする。だけど、ほっとした。

荷物はほとんど送っておいたから、手荷物は新しく出来上がったばかりの制服だけだった。しわにならないようにとりだして左側のクロゼットにしまったあと、僕はあらためて室内を見回してみた。

口のなかの飴《あめ》をがりっと噛《か》んでしまったので、もうひとつとりだして口のなかに入れた。そのとき、ふと、右側の住人の机のうえを見たら、積み重ねられた本の奥にキャンディポットが置いてあるのが見えた。中には僕がもらったのと同じキャンディのほかにも色とりどりの包みの飴が入っている。

先ほど受付の寮生のひとりが「王子」と口にしたことをいまさらのように思い出すと同時に、図書館の前で出会った上級生の姿が思い浮かんできた。

そのふたつが重なったとき、部屋のドアが開いた。

たったいま頭のなかに思い描いたとおり、道を教えてくれた上級生が入ってきて、室内の僕を見ると「ああ」と微笑む。

「――やっぱりきみだったんだ。俺の同室の子」

「…………」

同室の先輩に会ったときの挨拶《あいさつ》は頭のなかで何十回もシミュレーションしてきたというのに、僕はすぐには声がでなかった。

「篠宮和彦です。よろしく」

僕は図書館の前で初めて顔を合わせたときと同じくごくりと息を呑み、飴玉を呑み込んでしまってむせた。


二百五十人は収容できるという食堂に入ると、新入生が座る前方のテーブルにはひとりひとりの席に聖書と讃美歌集がワンセットずつ置いてあった。

三学年合わせて二百人あまりがそろっていた。まだ帰省中の者もいるそうで、本来は全部で二百三十人。今年の新入生での若葉寮への入寮は七十六人で、A棟とB棟に半分ずつ分かれているらしい。

食堂に集まっている人たちは新入生も先輩もそれぞれ思いのままの普段着姿だったので、僕はほっと胸をなでおろした。

食堂の前方にホワイトボードが用意されていて、その前に十人ほどの制服姿の先輩たちが立ってあれこれと話し合っており、受付に座っていた顔ぶれも混じっている。篠宮先輩もそうだったが、おそらく寮自治会の執行部のメンバーだけが今日は制服を着ているのだと察せられた。

「あいてるとこ座って」

篠宮先輩は僕に指示したあと、執行部の先輩たちのなかに入った。僕はあいている最前列のテーブルの椅子《いす》に腰かけながら絶望的な気分になっていた。

うまくやらないと――と思っていたのに。

いきなり同室の先輩に、ろくに挨拶もしないまま、「大丈夫?」といわれながら背中をさすられるという失態を犯した。

飴を呑み込んでむせてしまったアクシデントのせいで、僕は篠宮先輩と初めて顔を合わせたとき、他人と向きあう空間そのものが時々怖くなることすら忘れていた。彼の精緻《せいち》に整った綺麗な顔が童話の王子様みたいで現実感がなかったせいもある。

説明会の時間が迫っていたので、あのあとすぐに「行こうか」と声をかけられて、結局まともに言葉も交わさないまま、こうして食堂にやってくる羽目になったのだ。

四時半きっかりに説明会ははじまった。寮担任の先生の挨拶と寮則の説明、寮母さんの紹介、そして寮自治会のガイダンスの時間となった。副寮長の綺麗な顔をした眼鏡の御園先輩がマイクを握って中央に立つ。

「伝統ある若葉寮へようこそ。新入生の皆さん。司会進行をつとめる副寮長の御園です。青嵐寮ではなく、若葉寮を希望してくださって、ありがとうございます」

　僕もひとのことをいえた勇ましい体形はしていないが、ほっそりとしていて女顔の彼を見ているとなんとなく「眼鏡美人」という言葉が浮かぶ。だが、司会役にふさわしく声ははりがあって、親しみのもてる響きをしていた。

「青嵐寮は同学年同士で四人部屋なんですよね。ただしあっちは自習室がこちらよりも充実してるとはいえ、三年生になってもそのまま四人部屋ですから。三年になって一人部屋でふんぞりかえりたいという野望のあるやつが、若葉寮にくる——という構図になっております。その代わりに、一、二年のときは少し我慢しろ、と。……こうやって偉そうにしゃべっている俺も、後方に固まって座ってらっしゃる三年の先輩がいまだに怖いです」

　後ろの三年生から「御園ー、噛まずにしゃべってて偉いぞー」「御園ちゃん、かわいい」とからかうような声がとんだ。「はい、早速ありがたいお言葉いただきましたー」と御園先輩が明るく受けたので、寮生たちのあいだに笑いが漏れる。

「この説明会、三年生は自由参加なのに、あのひとたちは俺たち新二年が失敗しないかどうかを監視するために、ほとんど全員きてやがるんですよ。世の中の力関係ってものを新入生の皆さんにも把握していただくためにもいい機会かと思いますので、ぶっちゃけますが」

　さらに笑いが広がって、食堂内はリラックスした雰囲気になった。

「さて、それでは今期の寮自治会の執行役員を紹介します。まずは寮長の篠宮和彦くんの挨拶です」

呼ばれて、僕の同室の先輩である篠宮先輩がマイクを受けとって前に出てくると、先ほどまで和んでいた食堂の空気が再びさっと緊張するのがわかった。

副寮長の御園先輩はフレンドリーなやわらかさがあったが、寮長の篠宮先輩には見るものに思わず息を呑ませて、思考停止させてしまうような独特な雰囲気がある。一言も発しなくても、その佇《たたず》まいだけで向かい合う相手の背すじをまっすぐにさせるような品の良い清廉さ。

だが、そんな浮世離れした風情の篠宮先輩にも、三年生からは容赦なく「よっ、王子」「イケメン、カッコイイ」とからかいの野次が飛んだ。

篠宮先輩は苦笑しながらわずかに視線を落とし、軽く息をついて前を見据える。

「――御園と同じく、三年の先輩に大人気の寮長の篠宮です。先輩たちはこれから受験で大変になって青息吐息になる予定なんですが、まだ最後の悪あがきで元気なようです。……いまから真面目なことをいうので、先輩方、おてやわらかに」

三年生からはブーイング、二年生からは「いいぞ」と同調する声があがった。新入生たちのあいだでも、童話から抜けでてきた王子様を見るような目が一転して、「この先輩も、すました顔して結構いう」と意外そうなざわめきが広がる。

王子様然とした容姿はそのままに、篠宮先輩は三年生からの野次にも動じずに堂々としていた。貴公子のような風貌だが目の表情が生き生きと動く。いままで絵のなかの人物のように見えていた彼が、ふいに生身の肉体をもったような気がして僕は目を瞠った。

「新入生のみなさんは同室者が学年の違う二年生ということで、とまどうこともあるでしょうが、同学年の友人は、これから入学礼拝のあと、学校がはじまれば、たくさんつくることができます。むしろ寮生活ではそういったものに縛られない幅広い人間関係を築くことによって豊かな人格形成を育む——という理念があるんですが、まあこれはパンフレット向きの言葉で、若葉寮の伝統なのであきらめてください。とにかく上級生になれば、居心地はいいです。後方の三年の先輩たちを見れば、おわかりのように」

若葉寮の最大の特徴は、部屋割りの仕方だった。一年生と二年生が必ず二人部屋になり、同室の二年生が一年生の指導役、チューターとなるのだ。三年生になったら、受験勉強に専念するために一人部屋になる。同室の絆はずっと続き、二年の先輩に相談して解決しないときはさらにその上級生に——二年の先輩が一年だったときのチューターである三年の先輩が相談に乗るというシステムだ。

「今期の寮自治会の執行部は寮担任の先生たちと協力しながら、みなさんと一体となって寮の運営にあたります。なにか問題があった場合、まずは同室のチューターである先輩に相談してほしいですが、話しにくい場合もあるかもしれません。そういうときは俺に直接声をかけてください。同室の先輩にいいにくい内容でも、ひっそりと対処しますので」

王子様的存在感で目立つ先輩に「ひっそりと」といわれても微妙に違和感があった。

案の定、すぐ後ろに立っている御園先輩から「しーちゃん、おまえに相談したら、よけい目立ちそうって新入生たちが心配してる雰囲気よ」と突っ込まれると、篠宮先輩は「え？　そんなことないだろ」といいかえす。周囲からはおかしそうな笑いが漏れた。

「――いま御園がいったみたいに遠巻きにされると傷つくので、頼りにしてください。よろしくお願いします」

篠宮先輩が少しおどけた調子で挨拶をしめくくると、拍手が沸き起こった。

続けて次々と執行部のメンバーが紹介されていく。ひととおり終わると、再び篠宮先輩がマイクを握った。

「いま紹介されたメンバーが中心となって活動していきますが、新入生にも執行部には参加してもらいます。まずはA棟、B棟ごとに一年生のリーダーを決めます。ほかにも興味があるひとは名乗りをあげてください。とりあえずこちらでリーダーは指名します」

どういう基準で指名されるのかわからないので、新入生たちが互いに顔を見合わせる。みんな自分は避けてくれと思っているに違いなかった。もちろん僕もだ。

だが、篠宮先輩がちらりと前列に座っている僕を見たような気がしたので嫌な予感がした。

「一年のリーダーは、A棟――遠山遥くん。B棟は朝倉忠志《あさくらただし》くん」

周囲が「誰だ誰だ」というように周りを見渡すなか、「両名は起立」という声に弾かれるようにして、僕はあわてて立ち上がった。少し離れた位置のテーブルで、背の高い男がもうひとり腰をあげる。おおっ……というどよめきが広がった。

篠宮先輩が僕たちの顔を交互に見て、「頑張ってください」と微笑んだ。離れた席のもうひとりが「はい」と答えたので、僕も少し遅れて「はい」というしかなかった。

再び司会進行の御園先輩の手にマイクが戻る。

「……ひとつ追加で説明しておくと、どうして遠山くんと朝倉くんが指名されたかというと、このひとたちは寮長と副寮長と同室になった運の悪い子たちなんですね。毎年、一年のリーダーはこうやって選ばれることになっています。はい、拍手」

笑い声とともに、食堂内に拍手が起こり、近くの席の一年生が「頑張れ」と声をかけてくれたものの、僕はひきつった笑いを浮かべるしかなかった。

すぐに着席が許され、入浴や食事の説明がはじまったので寮生たちの関心はそちらに移った。だが、僕はそれどころではなかった。

リーダーなんて――困る。極力、目立ちたくないのに。

すべての説明事項が終わると、御園先輩が「最後は王子――じゃないや寮長にしめてもらいます」と再度マイクを篠宮先輩に渡した。

篠宮先輩が少し不本意そうに「王子って呼ばないように」といいかえすと、またもや食堂内に笑いが起こった。

だが、彼がふっとすました顔つきになって辺りを見渡すとざわめきは一気に静まった。

「明日は入寮礼拝があります。皆さんの目の前に聖書と讃美歌集が置かれているのはそのためです。森園はミッション系の学校ですので、クリスチャンではない方もおとなしくお祈りしてください。寮担任の先生のほかに宗教担任の牧師の先生がいらっしゃいます。数日後にすぐ入学礼拝ですが、ほぼ九割がクリスチャンではなくチャペルでの礼拝の経験もないでしょうから、明日の入寮礼拝で雰囲気をつかんでください。さて、このガイダンスも最後は森園らしく聖書の言葉でしめます。毎年、執行部は聖書から皆さんに伝えたいメッセージを選んでいます。手元の聖書を開いてください。……新約の一六三ページ。ヨハネによる福音書、第一三章一四節――」

僕はテーブルの上の聖書を手にとって開いた。新入生たちが皆同じ動作をするので、食堂内にいっせいに頁《ページ》をめくる音が響く。

篠宮先輩は、よく通る低い響きの声で、最後の晩餐でイエスが弟子たちの足を洗った場面を朗読した。

周囲がしんと静まるなか、僕はリーダーに指名されて困惑していたことなど一瞬忘れてしまって、篠宮先輩の声と姿に耳目を奪われた。

あれでほんとうに僕よりひとつ年上なだけなんだろうか。あんなふうに堂々としていられたら、どんなにいいだろう――と。

「この箇所で、イエスは互いに足を洗うように弟子たちにいいます。弟子に自らするべきことを示した。俺たち上級生も、先輩として自らの行動をもって手本とし、リードできるように頑張りますので、皆さんもそれに応えてください」

篠宮先輩が下がって御園先輩にマイクを渡した。

「皆さん、ご清聴ありがとうございました。新執行部からは、以上です」と御園先輩が最後に告げると、途端に後ろの三年生たちから「王子、かっこいい」「御園ちゃん、可愛かったぞ」と揶揄《やゆ》するような声援が飛んだ。


僕はいつも電車に乗り遅れているような気がする。

新しい環境に入るとき、つねに胸の底に沈んでいる不安の塊が浮上してくる。

子どもの頃からそうだった。両親が離婚したあと、僕は父に引きとられた。忙しい父に甘えようとしてタイミングを計るのだが、気難しそうな横顔を見上げていると、どうしようかと考えているだけで終わってしまう。

自分から遠ざかる父の背中を見ながら、ああ、また失敗した、乗り遅れた、でもまたお父さんの機嫌のよさそうなときを待てば――そうやっているうちに、父は事故で亡くなってしまい永遠に機会を失った。

再婚していた母に引きとられたあと、すすめられるままに中学から寮のある私学に通った。途中で退寮してしまって、そこにはいい思い出がないのに、高校も全寮制の森園を選んだのは、もしかしたらまた乗れる電車がくるのを待っているような気持ちだったのかもしれない。

いつか、僕にも――。

せっかく新しい生活がはじまるのだから、いままでとは違う自分になりたい。いや、どうせなにも変わらないかもしれない。ふたつの想いが競り合うようにふくれあがって、不安定なガスでいっぱいになる。

またトラブルがあったらどうしようか。でも、僕にはほかに帰る場所がない。

不安定数値が心のなかで最大限に達すると、心拍数が上がって呼吸が苦しくなる。でも、もちろんずっと息苦しい場所にいたいわけではなくて――立ち止まっていたいわけでもなくて。

風呂と食事が終わったあとは自由時間だった。僕は開けた段ボールをぼんやりと眺めて静止していた。「いけない」と気づいて片づけようとするのだが、再び手が止まる。そんなことをくりかえしているうちに時間が過ぎた。

どうやったら一年のリーダーという役目を辞することができるだろうかと考えていた。

毎年、寮長と副寮長と同室の一年の役目というのなら、誰が選ばれてもおかしくないのだから、「僕には向いてません」といういいわけはきかない。運の悪いやつ——その役目を誰かに押し付けることなどできないのだから。

寮長の篠宮先輩は執行部の打ち合わせがあったらしく、部屋に戻ってきたのは消灯一時間前だった。

「——片づきそう？」

声をかけられて、僕は「すいません」と広げっぱなしの段ボールを脇に寄せた。篠宮先輩は「いいよ」とベッドに腰掛けて、やわらかい視線を僕に向けてくる。

彼は遠慮なくひとを見る。こちらはなるべく目線を合わさないようにしているのに。

「……なんでしょうか」

「いや、きみがきてからすぐに説明会だったから、あんまりゆっくり話してなかったなと思って」

そういえば、彼が同室だとわかって、飴を呑み込んでむせたせいで、ちゃんと挨拶していなかったことを思い出して、僕はあらためて頭をさげた。

「——遠山遥です。ご迷惑かけるかもしれませんが、よろしくお願いします」

ちょうど段ボールを前にして座っていたので、姿勢を正して正座をし、床に三つ指をつくようなかたちになった。自分でもやってしまってからおかしいと思ったけれども、ちらりと目線をあげると、篠宮先輩は遠慮することなく口許をおかしそうな笑いでゆがめていた。

「はい、よろしくお願いします」

いやがらせのようにていねいに答えられて、頬がじわりと熱くなる。

「リーダーの件、突然あの場で指名されてびっくりしただろうけど、あんまり重く考えなくても大丈夫だから。要はリーダーという名の雑用係だから」

「……はい」

そんなふうにいわれては、よけいに「雑用係はできません」とはいいだせなかった。

その後は言葉が続かなくなって、僕は段ボールの中身をさぐり、片づけを再開した。よけいなものを持ち込んでも置く場所がないので、それほど荷物はたくさんあるわけではなかった。片づけようと思えば三十分もあれば、机の棚と引き出し、クロゼットに綺麗にしまいおえることができるはずだった。

なのに、先ほどは考え事をしていたせいで――そしていまは同室の先輩の視線があるせいで、僕の作業ペースはひたすら効率が悪くなる。

ふいに篠宮先輩が立ち上がって、僕のすぐ目の前の床に腰を下ろして、悪戯《いたずら》っぽい表情を向けてきた。

「――人見知り?」

「…………」

素直に「そうです」と頷《うなず》いたほうがよかったのに、いきなり距離を詰められて、動揺したせいで毛を逆立ててしまうような防御反応がでた。

「……先輩と二人部屋で、初日に緊張しない一年のほうが少ないと思います」

「そうだね」

篠宮先輩はまたおかしそうに笑って目を細めると、立てた片膝にのせた腕をしばらく考え込むようにさすってから、ぐいっとからだを寄せてきた。

——近い、近い、顔が近い。

段ボールがあいだにあるからいいものの、物理的なパーソナルスペースを縮められて僕は動揺した。

密室でこんなふうに先輩に近づかれるのは、いやな記憶が——。

心臓が不規則な音をたてはじめた瞬間、篠宮先輩が異変に気づいたように目を見開く。あともう少しで心拍数があがって予期不安にとらわれそうになったとき、彼はふっと身を引いた。

青い顔をしていることを指摘されるかと思ったが、先輩はそのまま座っている位置を少し後ろにずらして、視線を落としてかすかにはにかむような笑みを浮かべた。

「——みんなにやっかまれた」

「え？」

「篠宮の同室の子、綺麗な子でいいなあって。さっき二年の連中で今日の説明会とかの反省をしてたんだけど。俺が一番みんなに『この野郎』って総攻撃されたよ」

「…………」

「えらく綺麗なのがきた」――入寮受付のときの先輩たちの話し声が耳に甦《よみがえ》ってくる。あれは決して悪くいわれているわけではないとわかっている。

でも、みんなが勝手に外見だけの判断であれこれいって――いつのまにか、僕と話をしたことのないひとまで、好き勝手な噂をして……酷い言葉が一人歩きするケースを知っている。

痛い思い出のかけらが心を刺してきて、僕はわずかに顔をゆがめた。

「そういうの――困ります」

「うん」

たんに相槌《あいづち》ではなくて、僕がいま考えていたことを本気で察してくれている――そんなふうに感じられる響きだった。

篠宮先輩はやわらかい笑いをにじませながら僕の目をまっすぐにとらえる。

「困るよな。だから、なにかあったら、俺にいって。我慢しなくていいから。大丈夫だと思うけど、おふざけのつもりでちょっかいだしてくるヤツはいるかもしれないから」

「――」

そこでようやく、先ほどから決してからかっているわけではなく、僕にある種の注意を喚起しようとしているのだと気づいた。

「……そういうの、ここでもあるんですか」

「男ばっかりだから、多少はね。怯《おび》えさせるつもりじゃないけど、深い意味じゃなくても、『あの子がかわいい』とかはみんな平気でいってるから。悪気はないんだけど、どこかで潤いがほしいというか。騒ぐためのネタというか」

「…………」

わかっている。誰も本気ではない。

ただ閉塞的な空間で、疑似恋愛めいた関係を楽しんでいるだけ。誰も、ほんとうの意味で男が好きなわけではない。中学のときにいやというほど思い知ったはずだった。だけど、僕は……。

ふっと過去の記憶にとらわれかけそうになって、あわてて心のなかでかぶりを振る。

僕の微妙な表情を見てとったのか、篠宮先輩が安心させるように笑いかけてきた。

「俺はなにもしないから大丈夫だよ。怖がらなくても」

「……篠宮先輩のことは怖がっていません」

篠宮先輩はからかうような目つきになった。

「なんだ。そんなにはっきりと警戒されてないっていわれると、複雑な気がするな。残念」

この部屋に入ってくるまで、同室のひととうまくやっていけるのか不安だった。いやなことを思い出したら、どうしよう、と。

でも、先ほどわざわざ注意してもらったせいか、篠宮先輩の前では妙な緊張を覚えなかった。

それにしても、僕に忠告するよりも、むしろ篠宮先輩こそ、その端整すぎる外見からして、厄介な想いを寄せられる対象ではないのか。

「警戒されたほうがいいんですか?」

「そういうわけじゃないけど。……遠山、結構はっきりものをいうんだね」

しゃべるのが下手くそなわりには、わからないことだけはすぐに質問してしまう妙な癖がでた。確認しないと、自分の勘違いが怖いから。

「すいません」

「……いいよ。ちょっと安心した。ほかのやつになんかいわれても、その調子でいいかえしたらいい。そしたら、変にからまれないから。あんまり相手を刺激するのもあれだけど」

生意気だといわれてもおかしくないのに、気遣われたことに僕は目を瞠る。

ほんとに親切なひとなんだ、見た目がいいだけじゃないんだ——となかば感激しながら、

「はい」と頷いた。

「いい返事」

篠宮先輩は笑って立ち上がると、「片づけ続けて」と右側にある自分の机の椅子に腰かけて机のうえの本を手にとって頁をめくりはじめた。

ほっそりとしているけれども、篠宮先輩は肩幅が大きい。腕も長い。シャツ越しにもわかる、引き締まった身体つき。艶《つや》があってやわらかそうな髪。本の頁をめくるときの長い指が綺麗だった。

このひとはどの角度から見ても隙がなくて、誰にも恥ずかしくないような成分で心身ともに構成されているに違いない。

「王子」と呼ばれるほど眉目秀麗《びもくしゅうれい》な外見をしていて、後輩にも礼儀正しくて、気遣って声をかけてくれるようなやさしさがあって――まさに上級生として絵に描いたような完璧さ。

……このひとに弱点ってあるんだろうか。

相手にわからないのをいいことに、僕は穴があきそうなほど斜め後ろから先輩の背中と横顔を見つめてしまった。

ふいに篠宮先輩が「そうだ」と思いだしたように振り返ったので、ドキリとした。目をそらすのが遅れてしまったので、ばっちりと視線が合う。

「……なに？　俺になにか訊きたいことでもあった？」

「あ……いえ。篠宮先輩ってほんとに王子様みたいだなって」

このとき、僕は無難な受け答えをしたつもりだった。説明会のときの三年生の野次や副寮長の口ぶりからしても、彼がこの学校で王子と呼ばれているのは周知の事実のように思えたから。

だが、篠宮先輩はわずかに困ったような顔になった。相変わらず笑みは浮かべているのだけれども、口許が少しこわばっているような……。

「——人間だよ」

「…………」

そんな返答がくるとは思っていなかったので、リアクションに困る。

「普通の男です。王子って呼ぶのはね、みんなふざけてるだけだから」

ひょっとしてふれてはいけないことだったのだろうか。

僕がどう話をつなげていいのか迷っていると、篠宮先輩はそれを察したのかなだめるような笑みを浮かべた。

「——そうそう、いっておこうと思ったんだ。遠山、点呼の前に歯磨きとか行ってきたほうがいいよ。点呼の時間になったら、ドア開けておいて。当番のやつが回ってきたら、入り口に立って返事すればいいから」

「あ……はい」

「今日は俺が当番だから」

片づけを中断して、僕はいわれたとおりに部屋を出て洗面所に向かった。

まずいことをいってしまったのだろうか。胸が不規則な音をたてても、なぜかそれが不安につながらない。

王子様のような先輩の意外な反応——。

説明会のときにみんなの前で堂々としていた姿、僕にキャンディをくれたときの笑顔、王子と呼ばれて困ったような表情——頭のなかでいろいろな篠宮先輩の画像が次々と貼られていくうちに、ふわふわと宙を浮いているような気分になって……。

「お、遠山」

洗面所に行くと、同じく歯を磨きにきていた一年生から声をかけられた。夕食のとき、食堂の同じテーブルに座っていた昭島尚人《あきしまなおと》だ。

端っこ同士であまり話してもいなかったので、名前を憶えられているとは思わなかった。昭島はほかのみんなとよくしゃべっていて声が大きくて目立っていたから、僕は記憶していたけれども。

「……よく僕の名前覚えてくれてるね」

「だってA棟の一年のリーダーだもん」

そうだった——とやっかいなことを思い出して眉間《みけん》にしわをよせる僕に、昭島はにっと笑った。

もし夕食時に同じテーブルで一年だと知らなかったら、廊下で会ったときに上級生だと勘違いして頭をさげてしまいそうなほど、昭島は体格がよくて男っぽい顔立ちをしていた。

「……遠山の部屋の先輩はどう?」

昭島は声をひそめてたずねてくる。

「どうって?」

「同室、寮長だろ。あの王子っぽいひと。いいなあ、当たりだなあ」

当たり外れがあるのだろうか——と僕が首をひねっていると、昭島は「当たりじゃん。やさしそうだし」と訴えた。

「昭島の部屋の先輩はやさしくない?」

「まだよくわかんないけど。少なくとも見かけは王子みたいにソフトじゃない。顔が怖い」

「たしかに篠宮先輩はソフトだけど……」

先ほどの様子を見ていると、篠宮先輩を「王子」と呼んでいいのか迷った。でも、正直ほかに呼びようがないほどぴったりの愛称だ。

「なに? 部屋に入ると、篠宮先輩もキツイ暴君に変身するとか? 見かけ通りの王子じゃないのか?」

「いや、そうじゃないけど。やっぱり先輩だから気を遣うのは一緒だよ」

「そりゃ同じだろうけど、なんかうちの部屋の先輩は特別キツイ気がするんだよなあ。俺、ハズレひいたのかも」

盛大に嘆いてから、昭島は「あ」というように口を手でおおって辺りを見回す。同室の先輩がいないかどうか確認しているらしい。

洗面所から部屋に戻ると、すでに篠宮先輩は点呼の準備のためなのか姿が見えなかった。昭島がひょいと室内を覗き込んで、「ここ綺麗だなあ」と感心した声をあげる。

「俺の部屋の先輩側のスペース、ひどいんだよ。散らかっててさ」

いってしまってから、昭島は「あ、マズイ」というようにまた辺りをきょろきょろ見てから、「じゃあ明日な」と手を振って去っていった。あわてたような背中を見送りながら、僕は思わず口許を緩めた。

少しそそっかしいやつなのだろうか。でも、同じ一年生同士で先輩のことをあれこれいえたことで、少し気が楽になった。

考えてみれば先輩たちが「あの子かわいい」などといっていたとしても、後輩もこうして同室者の先輩を好き勝手に評しているわけだからお互い様なのかもしれない。

十時半になると放送が流れ、しばらくして廊下に「点呼です」という篠宮先輩の声が響いてきたので部屋の外に出た。寮生たちがずらりと並んでいるなか、篠宮先輩が名簿の名前を呼びながら歩き、返事を確認してリストにチェックを入れる。

「A棟二階、点呼終了」

その掛け声が合図らしく、みんなが部屋に戻り、各室のドアが閉められる。

十五分ほどでA棟の点呼を終えて、篠宮先輩は戻ってきた。今週は寮長と副寮長が週番だけれども、一年生にもA棟とB棟のふたり一組で当番がそのうちに回ってくるらしい。

「消灯になったら、豆電球だけだよ」

篠宮先輩は就寝前の身支度を終えたあと、細かい説明をしてくれた。デスクのライトの使用だけは同室者の了解を得れば一時まで認められていること、テスト前になると自習室も同じく一時まで開放されること。三年生の一人部屋になるとデスクのライトの使用時間の制限などはないらしい。

先ほどと変わらない態度に見えたが、「王子云々」のやりとり以来、空気が微妙に硬くなっているように思えた。ふっと距離をおかれた——そんな感じ。

どうしよう……としばし悩んだのち、僕は思い切って確認してみた。

「……先輩は、『王子』って呼ばれるの嫌いなんですか?」

不快なことをいってしまったのなら謝らなければいけないと思ったからだ。

篠宮先輩はびっくりしたように僕を見つめてから苦笑した。

「嫌いってわけじゃないけど——その質問、ストレートにぶつけられたの初めてだ」

「……すいません」

僕も初日から同室の先輩にこんなふうに突っ込んだ質問をすることになるとは思わなかった。

「遠山には、俺は王子様みたいに見えるの?」

「見えます」

「——いいきられたな」

篠宮先輩は肩を揺らして笑ってから、ふっとまっすぐに僕を見つめてきた。

図書館の前で出会ったときに思わず息を呑んだように、僕は不思議な感覚にとらわれる。

まるで綺麗な絵を前にして立ち止まるような衝動——でも、どんな絵にも見惚《みと》れるわけではない。

「じゃあ、いいよ、王子様で」

「え?」

さらに予想外の返答に面食らう。きっと彼からみれば変なことをいっているやつだと思われてしまったに違いない。

「遠山にとって王子様に見えるなら、俺は今後、相応《ふさわ》しい行動をとるように肝に銘じるから」

篠宮先輩はおかしそうに笑った。

質問したせいで、よけいに気を悪くされたのだと僕が焦っているうちに消灯時間を迎えてしまった。

「遠山——大丈夫だよ。べつにどう呼ばれても怒ったりしないから」

寝る前、篠宮先輩はベッドに入りながら僕の心を読んだように声をかけてくれた。

そうやって気遣ってくれるところも王子様そのものなのに、そう呼ばれるのがあまり好きじゃなさそうな先輩……。なぜなんだろう。

豆電球の灯りのなか、ベッドに横たわりながら、僕は奇妙な胸の高鳴りを覚える。

最初に見たとおり絵に描いたような王子様だったら、一定の距離をおいて感心しながら見ていられた。美術品の展示を前にするみたいに。これ以上は寄ってはいけないというラインを守って。だけど……。

「――おやすみ」

「……おやすみなさい」

挨拶をしてから十分も経たないうちに、篠宮先輩のベッドからは静かな寝息が聞こえてきた。

結局、その日は一年のリーダーなんて無理なので、ほかのひとにやってもらえないでしょうか――とはいいそびれてしまった。

実は、僕は中学でも寮生活で棟長だったことがあるんです。でも、いやな思い出しかないんです、と……。

ふいに、このひとの前でほかのみんながやれる役目をできないとはいいたくない――と思ってしまったのだ。わずかな意地が弱音を封印する。

ここではあの頃の僕を誰も知らない。やりなおせるかもしれない。

緊張と昂奮《こうふん》で眠れないかもしれないと思っていたのに、僕もいつしか特別な睡眠薬でも与えられたみたいに瞼《まぶた》が重くなった。心地よい神経の疲労。今日この部屋にくるまでは、不安で押しつぶされそうになっていたはずなのに。

――呼吸が、楽だ。

なぜだろうと考えた瞬間、歯を磨いたはずなのに口のなかに甘い味が甦ってきた。

そうだ、今日――篠宮先輩にもらったキャンディを口に含んだ瞬間からまるで世界が甘い蜜でコーティングされているみたいだった。

胸の鼓動が速いのに、不安なだけではない。

最近では子どもの頃みたいにわくわくすることもなくて、毎日はただ機械的にカレンダーをやぶり捨てるみたいにして消耗されていくものだった。

日々は薔薇《ばら》色でも灰色でもない。それでいいなんて思っていないのに、なんの進歩もない心象風景ばかりが綴《つづ》られていく。

新しい生活がはじまることで、なにかが変わるなんて思っていなかった。期待に胸を高鳴らせるなんて感覚はほんとうに久しぶりだった。

明日はどんな日だろう――と。


入寮礼拝の前に、僕は真新しい制服に腕を通した。すぐに成長してしまうからとサイズは大きめにつくってあるので、ブレザーの袖口が少し長い。

学校の敷地内にある礼拝堂はほかと同じく煉瓦造りの旧い建物だ。プロテスタントらしく内装はシンプルで、ずらりと階段状の長机と椅子が並び、目立つものといったら奥の檀上の壁にかかげられた十字架とパイプオルガンだけだった。

新入生たちが入場して、オルガンの厳《おごそ》かな前奏で入寮礼拝ははじまった。チャペルに入る事前に礼拝の流れの説明は受けていたが、二年生たちの背中を見ながら同じように黙とうする。讃美歌も聞いたようなことのある曲だったが、もちろん初見ではきちんと歌えるわけもない。聖書朗読のあと、英語教師を兼ねている外国人の牧師の先生の説教などと続き、祝禱《しゅくとう》のあとには皆と同じように「アーメン」と唱える。最後はオルガンの後奏でしめくくられた。

礼拝のあいだはみんな厳粛な顔つきをしていたが、チャペルから出るやいなや、たとえその手に聖書と讃美歌集があろうとも、わいわいと賑《にぎ》やかに騒ぎだす。

「遠山」

寮に帰る道の途中で振り返ったところ、篠宮先輩がデジタルカメラを向けてきた。「え」と僕は動揺しながらあとずさった。

「カメラ、許可されてるんですか」

「うん、カメラは持ち込みOK。とはいっても申請が必要だけど」

寮では携帯電話やパソコンなどの電子機器類は自室に持ち込み禁止だ。すべて寮事務室に保管されていて、必要なときだけ寮母か寮担任にだしてもらう。電話は基本的に週末の帰省もしくは外出のときだけ、どうしても必要があってかけるときは事務室でかける。私物のパソコンはネット接続できず、自由時間に学習室か、ミーティング室などでのみ使用可能になっている。

結果、寮生はいやでもすばらしいアナログ生活を満喫することになる。

「後輩の男の制服姿なんて撮っても面白くないでしょう」

「いや、これ見せあって二年は互いに自慢しあうから」

「自慢？」

「――『うちの部屋の子が一番かわいい』」

再度楽しそうにシャッターを押されて、僕はひきつった笑いを浮かべるしかなかった。

「それ聞かされて、僕はどう反応すればいいんですか」

「しようもない先輩たちだなあってあきれてればいい。だけど、全寮制の男子校で一年も過ごせば、遠山にもわかるよ。来年のいまごろは、絶対に『同室の後輩はどんな可愛いのがくるかな』と期待してしまう自分に慄《おのの》くから」

「…………」

いまでさえ、一年生同士で先輩を「当たりだ、ハズレだ」「やさしそうだ」「怖い顔だ」と評している身としてはその未来図を完全に否定できなかった。

それでもこのやりとりは昨夜、僕が無神経に「王子様みたいです」といってしまったことへの仕返しのように思えなくもなかった。

「……篠宮先輩も、一年のときには同室の先輩に自慢されたんですか？」

「そういう返しでくるんだ？」

「いえ。つっかかってるわけじゃなくて、僕は……」

気になることを確認したいだけなんです——といおうとして、つまらないことだと気づく。

せっかく先輩が楽しそうに写真を撮ってくれているのだから、もっと気の利いたことを返せればいいのに。

「俺のときは面白がられたかな。そういう意味では、御園がアイドルだったけどね。入学したてのころはもっと小柄だったたし、メガネしてなかったから」

説明会のときもやたらと後方の三年生の席から「御園ちゃん」と野太い声援がかかっていたことを思い出して、僕は「ああ」と頷く。

「……副寮長、美人さんですからね」

「あれ、美人っていうのかな?」

篠宮先輩は首をかしげながら、デジタルカメラの液晶画面の僕の制服画像を眺めて楽しそうに唇の端をあげる。

「でも、俺としてはうちの子のほうがもっと綺麗だと……」

返答に困って固まっている僕を見て、篠宮先輩は肩を揺らして笑った。

「昨夜、『ちょっかいだしてくるやつに気をつけろ』っていっておいて、先輩が一番僕に絡んでくるじゃないですか、って文句をいってもいいけど」

「あ……なるほど」

僕が思わず頷くと、篠宮先輩は「遠山はかわいいね」とおかしそうに目を細めた。

「あとで一番いいの現像してあげるから」

「……はい」

御園先輩たちが「しーちゃん、なにしてんの」と通りかかったので、篠宮先輩は「じゃあね」と立ち去ろうとした。

「あ——遠山。制服、似合ってるよ」

途中で振り返って告げられた一言に、僕は再度固まる。

先ほど「かわいい」とか「綺麗」とかいわれたのは冗談だとわかっている。でも、いまのはほんとにほめられた気がして、耳がひそかに熱くなった。

「——もう同室の先輩と仲いいんだな」

ふいに声をかけられて振り返ると、どこかで見た顔があった。

「遠山だろ？　俺、B棟の朝倉」

昨日同じく説明会で一年のリーダーに指名された朝倉忠志だった。

朝倉は上背があって、切れ長の目が印象的な顔立ちをしていた。クールそうで僕よりもずっと落ち着いて見える。

「お互い部屋運悪かったたな。寮行事んとき、いろいろ手伝えって御園先輩からいわれた。あとで顔合わせる機会あると思うけど、よろしく」

わざわざ挨拶しにきてくれたらしい。律儀だなと思いながら「こちらこそ」と僕は答えた。

朝倉は決してリーダーの役目を喜んでいるわけではないらしく、並んで寮へと歩きながら、ためいきをついて「……かったるいな」と呟く。

「……寮って大変だな。昨夜、副寮長と前に同室だったっていう三年の先輩とかがきて、『御園のいうこと聞けよ』ってあれこれいわれた」

「御園先輩の指導役だった先輩？」

「そう——あのひと、すげえ人気なのな。ほかにも三年の先輩が部屋に何人かきて……篠宮先輩が王子なら、御園先輩は姫みたいなもんだとかいわれて——男子校、理解できんわ」

正直にいえば、僕は中学も男子校だったので、篠宮先輩が王子的存在で、どこか女性的な外見の御園先輩が人気だというのも感覚的にわかる。閉ざされた環境のなかでは、自然とそういった役割が生まれてしまうものなのだ。

「遠山はこういうの慣れてるんだろ？」

「どうして僕が？」

「だって、おまえ、松岡《まつおか》学園の中等部出身なんじゃないの？」

そのとおりだったが、自己紹介する前に出身校を知られているとは思わなかった。わずかに心臓がいやな音をたてる。

「なんで僕が松岡学園からきたって知ってるの？」

「御園先輩がそういってたから。昨夜、俺が一年のリーダーなんていやですよっていったら、『大丈夫、A棟の遠山は松岡学園で寮生活経験者だから一緒にがんばれ』って。内部進学しないで、あそこから外部受験すんの大変だったろ？　別の高校受けると、内申とか不利だっていうし」

そんなことまで知っているのか。考えてみれば、寮担任の先生は当然生徒の経歴は把握しているわけで、一年生のなかに松岡学園出身がいれば話したりはするのかもしれない。

「いろいろと……親の都合で仕方なかったから」

「ふうん。そっか」

ありがたいことに朝倉はそれ以上詮索《せんさく》してこなかった。

中高一貫の学校から、別の高校に行くのは珍しい。というよりも、なにかやむにやまれぬ事情がなければ普通はそんな選択はしない。わざわざ訊かなくてもそれがわかるから、あえて聞かないでいてくれるのかもしれなかった。

思い出したくない記憶が追いかけてくるような気がして、僕はうつむいて足元を見つめた。

入寮式が終わったあと、新入生歓迎式までは自由時間だった。二年生は全員、準備のために食堂に集合していて、部屋には一年だけが残っている状態だった。

「遠山。娯楽室いこう」

昭島が鬼のいぬ間とばかりに寮内を見て回ろうと誘いにきた。もうひとり仲良くなったやつがいるから、そいつも連れて行く——ということで、その彼の部屋へと向かう。

「あ、リーダーに指名されたひとだ。遠山だよね？　よろしく。七瀬《ななせ》です」

七瀬泰章《やすあき》は色白で薄いそばかすの浮いている顔に愛嬌があって、ひとなつっこく明るい笑顔の持ち主だった。

幸か不幸か、リーダーに指名されたおかげで、僕はよく名前を憶えられている。決して社交的とはいえない僕にしてみれば、結構な名刺代わりとなっていた。

三人で一緒に寮生がくつろぐ場となっている娯楽室に向かった。テレビがあって、談話室もかねている広い部屋だ。たとえ二年生の姿はなくとも、娯楽室のソファや椅子類はすでに三年の先輩たちで埋められていた。

僕たちが入っていくと、みんな「お」というようにこちらを見る。

「一年、おいでー」とからかうように声をかけてきてくれる先輩もいたが、長居できるような空気ではなくて一周回っただけですぐに出ようと三人で目配せしあった。こういう共用スペースでは一年生の肩身はつねに狭い。

「遥ちゃん、王子と仲良くしてる？」

いきなり見知らぬ三年生に下の名前で呼ばれて、僕は「はい」とあわてて返事をした。昭島たちの背中を押してその場を離れると、「あらら、逃げちゃった」という笑い声が背中を追いかけてくる。

「――遠山、有名人だな。なんであの先輩、おまえのこと知ってるの？」

廊下に出た途端、昭島に感心されたようにいわれたが、僕のほうがわけを知りたかった。おそらく王子こと篠宮先輩と一緒の部屋だから名前が売れているのだ。

娯楽室を出てからは、互いの部屋を見てまわった。昭島の部屋は先輩の荷物が多くて見事に散らかっていて、七瀬の部屋では先輩がパソコンを内緒でモバイルルーターとセットで持ち込んでいるらしく「先生に告げ口したら殺す」と脅されているという物騒な話が聞けた。最後には一番綺麗で安全だとの判断で僕の部屋に集まった。

ベッドに僕と昭島、机の椅子を引っ張ってきて七瀬が座る。入寮二日目からこんなふうに自分の部屋にひとが集まるなんて――意外な展開に僕はいい意味で困惑していた。

僕も以前は家以外の居場所が欲しくて、自分なりにひとと積極的に接しようとしていた。でも、あのときから――中学二年の秋から臆病になってしまって、ずっとこんな感覚は忘れていた。新しい友達と親しくなれそうなときの、どきどきするような緊張感。

「なんか予想してたよりも、上下関係きつそうだよな？」

昭島の嘆きに、七瀬が肩をすくめてみせる。

「いやいや、寮なんてこんなもんだよ。寮長も副寮長もやさしそうだし。三年の先輩たちはちょっと怖そうだけど、みんな一人部屋だし、普段は一年と接触ないだろ。それに今年は全体的に当たりみたいだよ。昨夜、同室の先輩のチューターだっていう三年生が訪ねてきて、『今年の二年は甘いから、おまえら幸運だ』っていってた」

昭島は「げ」という顔をした。

「これで甘いの？　俺、昨夜、もってきたお菓子、全部同室の葉山《はやま》先輩に没収されたんだけど。持ち物チェックで下着まで一枚一枚、名前書いてあるかどうかって床に並べられたし」

そんなことをされたのか——と僕も七瀬も驚いて昭島を見る。

「おまけに、俺の顔見るなり、大きなためいきついて、『後輩がくるのを楽しみにしてたのに、おまえは可愛くねえ』っていわれたぜ」

「いや、おまえみたいなデカイ図体のやつ、可愛いっていわれてもよけいに困らない？」

「いわれたら微妙だけど、『可愛くねえ』って断言されるのも嫌なもんだぞ」

あきれ顔の七瀬に真面目に返す昭島を見て、僕は小さく噴きださずにはいられなかった。

「遠山……おまえ、自分が王子と一緒で当たりの部屋だからって、ひとのこと笑うなよ」

「……そんなつもりじゃないんだけど、ごめん」

「いいよ。笑うがいいさ。俺も王子がよかった……！　あのイケメンのいうことなら、なんでも素直に聞けるのに」

男子校に免疫がないせいでよけいに無意識なのか、昭島のいうことは聞きようによってはいちいち危ない。

七瀬に「昭島、おまえを可愛くないっていう先輩は見る目がないよ」と諭すようにいわれて、昭島はようやく溜飲《りゅういん》を下げたようだった。

「……だけど、昭島んとこの先輩は強烈だな。そんなに可愛い後輩にきてほしかったのか」

「篠宮先輩も、『男子校で一年過ごせばわかる』っていってたけど」

「え？　王子までそんなことというの？　意外」

昭島や七瀬と言葉をかわしながら、僕は不思議なほどリラックスしていた。

同室が先輩のせいか、一年生同士で顔を合わせる機会があると、みんな互いに本音をいえる相手を求めて、短い時間のあいだにすぐに打ち解けた雰囲気になる。最初は二年生と同室なんて、同学年のコミュニケーションが難しくなるかと思っていたら、「おまえの部屋の先輩はどんな感じ？」とたずねあうことで、妙な連帯感が一気に生まれるようだった。

僕も今度の寮生活ではうまくやっていけるかもしれない――入寮二日目にして、そんなふうに思った。

「だいたい先輩たちはさ、勝手だよな。ああいう威圧的な態度って、絶対に鬱憤《うっぷん》晴らしだろ。自分が去年、きっと指導役の先輩にいじめられたんだ」

「――だよな。説明会のときも、二年と三年生って、決して仲良しには見えなかったし」

最初は同調して聞いていたものの、話をするうちに昭島と七瀬の声がだんだん大きくなってきたので、僕は少しばかり落ち着かなくなった。いくら二年生が食堂にいるからといって、部屋の声が廊下に漏れて、いつ戻ってきた先輩たちに聞かれないとも限らないからだ。

「あのさ……そういう内容は、あんまり大声でしゃべらないほうがいいかもしれない。二年の先輩いなくても、三年の先輩は寮内にうろうろしてるし」

僕が口を挟むと、自分がいかに理不尽な目にあっているかということを熱く語り合っていた昭島たちははっとしたように目を瞠る。

「……おっ、そうだった。やばかった。つい夢中になって忘れてた」

「さすがリーダー」とふたりに口をそろえられて、「いや、部屋運が悪いだけの雑用係だから……」と僕はうつむく。

「違うよ。あれって、運じゃないんだよ。ほんとはちゃんと選んでるんだぜ。俺、昨夜三年生に聞いたもん。寮長たちと同室になったからじゃなくて、初めから一年のリーダーにするやつを寮長たちと同室にしてるんだって」

七瀬の意外な言葉に、「え?」と僕は目を丸くする。

「じゃあ遠山と、B棟の朝倉が指名されたってことは、ふたりとも入試の成績がよかったとかで評価が高いからか?」

「そうなんじゃない?　いつも貧乏くじ引いたってことでリーダーにされてるっていうけど、

結局だいたい、一年のリーダーがそのまま次の寮長とか副寮長になるらしいから。三年の先輩がそういってた。『篠宮と御園は一年の頃からのリーダーコンビだ』って」

「遠山は選ばれし者なのか。おまえ、頭いいんだな」

昭島に大仰にいわれて、僕は悩ましい気持ちになった。

「いや……どうなのかわからないけど」

初めから選ばれているとしたら、同じく寮のある松岡学園の出身だということが加味されているのかもしれなかった。もし、そうだったら困る。

運の悪い雑用係なら引き受けられても、寮生活の経験をあてにされてみんなの中心になってくれとでも考えられているのなら、見当違いもいいところだった。

「遠山は目立ってってのもあるんじゃない？　いまの寮長と副寮長の顔見てると、指名されるのも納得だけどな。さっきの三年生も早速『遥ちゃん』って呼んでたし。先輩たちのああいうノリを見ると、半分ふざけてるんだとわかってても、さすが男子校にきたって感じ。説明会でも、寮長と副寮長への野次つーか声援すごかったしな」

「なんで寮長たちの顔見ると、遠山が選ばれるのが納得なんだ？」

「みんな美少年じゃん。篠宮先輩は王子そのものだけど、遠山も王子様系だと思うよ」

七瀬にあっさりいわれて、昭島は思いもよらなかったことを聞いたというように口を開けて、僕の顔をまじまじと見つめた。

「……たしかに遠山って綺麗な顔してるけど。え、そういうので決まるの？　こいつが美形だから王子と同室なの？」

「いや、それだけとは思わないけどさ。……昭島、おまえ妙にズレてて面白いなあ。おまえだって先輩に『可愛くねえ』っていわれたんだろ？　男子校の力関係には不可思議な要素が働くんだよ」

「考えてみれば、俺も王子と同室ならなんでもいうことききくのにって思ったし……これって、いつのまにか毒されてる？」

七瀬が横で堪えきれないように笑いだすなか、昭島に「おまえ美少年でよかったな」としみじみといわれて僕は居心地が悪くて仕方がなかった。

「……僕はそういうんじゃないと思うけど。顔とか憶測であれこれいわれても――」

「そうそう、昭島みたいに、デカイ図体してても、先輩に『可愛く思われなかった』って嘆いてるやつもいるし、ひとは見かけじゃわかんない」

「おい、俺を引きあいにだすな」

昭島に睨《にら》まれて、七瀬は「ごめん」と舌をだしてからふいに真面目な顔になった。

「――でも、もしかしたらさ、篠宮先輩とかも見た目通りじゃないかもしれないし。すごい裏があったりする可能性もあるだろ？　そこはどうなの？　遠山」

「篠宮先輩は……そんなことなさそうだけど。ほんとに王子様みたいだよ」

「部屋のなかでも王子って、あのまんまなの？　部屋に入った途端に、オラオラ口調になったりしない？」

「それはない。だけど……僕はすでに結構からかわれてるというか遊ばれてるような気が……」

「どんなふうに？」と問われたので、「制服姿の写真撮られたりした」と答えると、ふたりにそろって「惚気《のろけ》かよ」と突っ込まれた。

（……人間だよ）

篠宮先輩がそう答えたときの微妙な表情を思い出す。彼は「王子」といわれて決してうれしそうではなかった。王子様のべつの顔が見えたような一瞬。

（じゃあ、いいよ、王子様で）

あのやりとりを、僕はなんとなく昭島たちには伝えられなかった。

「でもまだ一日じゃ本性なんてわかんないよな。とんでもない黒王子だったりして」

「いいね、黒王子！」

昭島たちの声が再び大きくなってきたので、僕は冷や冷やした。

「ふたりとも外に聞こえるって――」

僕がそういったとき、ふいに部屋のドアが開いて、「ただいま」と篠宮先輩が笑顔で現れた。

一瞬、部屋のなかにいた全員が固まってから、「お……おかえりなさいっ」と声をそろえる。

「みんな楽しそうだな」

示し合わせたように昭島と七瀬は立ち上がり、僕の顔を申し訳なさそうに見て、「失礼しまっ」と部屋をそそくさと出ていってしまった。

残された僕は、気まずさのあまりなかなか篠宮先輩の顔をまともに見られなかった。

こわごわと振り返ると、ブレザーを脱ぐ篠宮先輩の横顔はすましていて、先ほどの話を聞いていたのかいないのか判断がつかない。

「もうすぐ案内のアナウンスが流れるよ。入寮歓迎会、六時からだから」

「あ、はい……」

「俺はまたすぐ食堂に行くから。アナウンスが流れたら、食堂にみんなで集合して。あの子たち、出ていくことなかったのにな。みんなでそろっておいで」

とぼけた顔で告げられて、僕は生きた心地がしなかった。先輩たちを評していることが聞こえないように気遣っていたつもりなのに、よりによって最悪のタイミングだった。

「――あの、篠宮先輩」

「ん？」

振り返った篠宮先輩は「なに？」とやけに爽《さわ》やかな笑顔で首をかしげる。はたして聞いていたのかいなかったのか――やはり見極めることはできずに「いえ、なんでもありません」と僕は目をそらした。

入寮歓迎会は夕食のあと、お菓子と飲み物がテーブルに配られ、上級生たちの出し物がはじまった。ふざけた替え歌をうたったり、本格的なバンドの演奏をする先輩たちがいたり、女装のコントがあったり、ビンゴゲームがあったりと企画も盛りだくさんだった。

男ばかりなので、くだらないことでも大いに盛り上がる。飲み物はウーロン茶とジュースだったが、みんな酔っているみたいだった。

篠宮先輩は御園先輩とふたりで手品を披露していた。ふたりとも息がぴったりとあっていてなかなか見事な技で、「おおっ」と食堂内は拍手喝采だった。

先輩たちの出し物が終わったあと、「今度は新入生の番です」と、一年生は壇上に上がってひとりひとり名前をいうように命じられた。大声でいわなければ、「やりなおし！」と上級生たちから叱咤《しった》されるため、みんな声をはりあげるはめになったので、終わるまでは戦々恐々だった。

入寮歓迎会と後片づけが終わってから、部屋に戻ってきたのは僕が先だった。篠宮先輩はなかなか帰ってこない。

昭島たちと話していた内容を聞かれたのかと心配だったせいで、僕は落ち着かなかった。あのとき、昭島たちはちょうど「黒王子」と叫んでいた。あれを聞いていたら、いくらなんでも顔で笑って心で怒っているかもしれない。

執行部のミーティングがあるから、篠宮先輩が部屋に戻ってくるのはおそらくまた消灯一時間前ぐらいのはずだった。

予想よりも早くドアが開けられたとき、僕はとりあえず謝るつもりで座っていたベッドから起立した。だが、現れたのは篠宮先輩ではなかった。

「ああ、きみが遠山か」

知らない上級生が直立不動で立っている僕を見て、おかしそうに頬をゆるめながら室内に入ってくる。背が高く、くっきりした目鼻立ちの二枚目だった。

「あいつが全然呼びにこないから、挨拶にきたよ。三年の竹内《たけうち》だけど。ついこのあいだまで篠宮と部屋一緒だったから」

篠宮先輩の指導役の三年生の先輩——僕はあわてて頭を下げた。

「遠山です。よろしくお願いします」

竹内先輩は「よろしく」と笑顔で頷くと、篠宮先輩のベッドにどさりと腰を下ろした。

「みんな昨日のうちに挨拶すませてるっていうのに、まったくあいつときたら……篠宮から俺の話聞いた？」

「いいえ……まだ」

「……そっか。聞いてないのか」

そういえば七瀬はもう昨日のうちに三年の先輩に挨拶したみたいだった。

篠宮先輩がいないとどうしていいのかわからず、僕はその場に立ちつくした。篠宮先輩はかなりソフトな当たりのひとなので、いかにも押しの強そうな雰囲気の竹内先輩を前にして緊張した。

「きみ、松岡学園だったんだって？　じゃあ寮生活は慣れてるよな。でもあそこはうちとちょっと校風違うかな」

「あ……いいえ、はい」

このひとも僕が松岡学園だったことを知っている——。

僕がわざわざ若葉寮を選んだのは、部屋割りの仕方が魅力だったからだ。青嵐寮の四人部屋は、松岡学園の寮を思い出していやだった。

「どうした？　なんか顔色悪いけど。ひょっとして篠宮が俺の悪口いってるのか？　怖い先輩だって」

「……そんなことは……」

ないです、と答えたつもりなのに、声がかすれた。

ただ出身校を知っているだけだ。ほかの事情なんて伝わっているわけがない——そう頭では理解しているのに、勝手に心拍数があがっていく。いや、もしかしたら知っているのかもしれない、と。

かすかに僕の指先が震えはじめたのを見て、竹内先輩が苦笑する。

「どうしたんだよ。ほら、ちょっとここに座りな。俺はきみのことをべつにイジメにきたわけじゃないから」

腕をぐいっと引かれるままに、僕はベッドの端に腰かけた。

「俺は篠宮の指導役だったから、なにか困ったことがあって、篠宮にもいいにくいこととかあったら、相談してって挨拶にきただけ。これでも一応、前寮長だから」

「…………」

はい――と頷いたが、今度はまったく声にならなかった。

決して竹内先輩が怖いわけではなかった。彼はいやな雰囲気のひとではない。むしろ頼りがいのある先輩というイメージだった。それなのに……。

「どうしたんだ？　きみ――」

僕の顔は確実に青くなっていたのだろう。竹内先輩はさすがに訝《いぶか》しむように顔を覗き込んできた。

このひとは僕に危害を与えるひとじゃない。わかっているはずなのに、なぜか心と身体が正しく機能しない――目の前がぐにゃりと歪むような眩暈。

「は……」

突如、真っ青になって身をふたつに折って胸を押さえ、息を荒くする僕を見て、竹内先輩は「おい」と驚いた声をあげる。

「どうした？　遠山——？」

苦しい。息ができない。なんとか呼吸を整えて、「大丈夫です……」とかすれた声を絞りだす。

「大丈夫って……ちょっと待ってろ」

たぶん先生を呼びにいこうとしたのがわかったので、僕はその腕をつかんで「いいんです」と必死にかぶりを振った。

「いいって、おまえ……」

「大丈夫なんです……」

それ以上はしゃべれなかった。竹内先輩がもう一度立ち上がろうとしたところでありがたいことに部屋のドアが開いて、篠宮先輩が入ってきた。

「なにしてるんです？　竹内先輩？」

篠宮先輩が駆け寄ってきて、竹内先輩から僕をひきはがして庇《かば》うように自分のほうに寄せた。

「いったいなにやったんですか」と鋭い声で問い質《ただ》されて、竹内先輩は「おい、変な誤解するな」と睨んだ。

「この子、突然、具合が悪くなったんだよ。よかった、おまえついててやってくれ。俺は先生、呼んでくるから」

　竹内先輩が立ち上がって部屋を出ていこうとしたので、僕は今度は傍らの篠宮先輩の腕を訴えかけるようにつかんだ。

　いま、先生を呼ばれたら困る。今度は失敗しないように、せっかくうまくやろうとしていたのに。仲良くしてくれそうな友達だってできて……。

　察してくれたのか、篠宮先輩が「竹内先輩」と呼び止める。

「――ちょっと待ってください。大丈夫みたいだから」

　ぎゅっと強い力でしがみついている僕の手をそっとつつみこむようにして、篠宮先輩がやさしく問いかけてくる。

「遠山、薬かなにかもってる？　飲んだら落ち着く？」

　僕は「あります」と頷く。

「どこ？」

　机の上のピルケースだと伝えると、篠宮先輩に「先輩」といわれて、竹内先輩が薬をとってきてくれた。

「水は？　いる？」

「……平気です。このままで」

　ピルケースからとりだしたラムネのような白い錠剤を口に含み、軽く噛んで舌下で溶かして呑み込む。薬を飲めたという安心も手伝ってか、だいぶ楽になった。

僕の背中をさすってくれていた篠宮先輩がほっとしたように息をつく。これで彼に背中をなでてもらったのは二度目だと思ったら、耳もとが熱くなって僕はうつむいた。

「……ほんとに大丈夫なのか？　この子の症状、おまえ知ってたの？」

下を向いていたので、竹内先輩の問いに篠宮先輩がどんな反応をしたのかわからなかった。頷いたのか、かぶりを振ったのか。ただ、「……なら、いいけど」という竹内先輩の声だけが聞こえた。

「お騒がせしました。俺がついてるから大丈夫です」

篠宮先輩がそういうと、竹内先輩は「そうか、じゃあ」と部屋を出て行った。

──やってしまった。

全身の力が抜けていくような気がした。しばらくすると動悸《どうき》がおさまってきた。「平気？」とたずねる篠宮先輩の声に頷いて、僕は立ち上がって自分のベッドに移動した。

胸の息苦しさよりも、森園にくるにあたって、新しく作り上げた自分の殻がもろくも壊れてしまったことが苦痛だった。

同学年の友達と仲良くして、同室の先輩ともうまくやって、普通に楽しい高校生活を送れる──そんな理想の自分。

「──先輩、知ってたんですね。僕が……」

途中で言葉を詰まらせる僕を見つめながら、篠宮先輩は静かに首を振る。

「知らないよ。さすがに健康面の問題は個人情報だから、寮担任の先生も生徒に漏らさない。過度の運動ができないとか、周りが配慮しなきゃいけない場合は別だけど」

「先生は知らないです。パニック発作のことは告げてないから。もう治ったはずで……通院も半年前からしてない」

そう――だから誰も知りようがない。みんなが知っていると思ってしまうのは、僕の被害妄想にすぎなかった。

篠宮先輩は自分のベッドに腰かけ、僕と向き合って話をうながすように「うん」と相槌を打った。

「もうずっと発作もおさまっていたんです。だから、この薬も頓服で――お守りのつもり」

「精神的なもの？　ほかに身体的に問題はない？」

こくんと頷くと、篠宮先輩は「そう」と頷いた。

彼が先生を呼ばなかったのは、入寮したばかりで大騒ぎしてほしくないという僕の心情を読みとってくれたからに違いなかった。

「――松岡学園の出身だから寮生活に慣れてると思われてるのかもしれないけど……ほんとは違うんです。だから、うまくやらないとって気を張ってて……」

「うまくやってたよ。今日だって同じ一年の子たちと部屋で楽しそうに話してただろ？　同室の先輩との仲だって順調だ」

「――」

やっぱり歓迎会の前、部屋で昭島たちと話していたことが聞こえていたのだと思った。あのときはみんなと楽しくしゃべっていて、先輩に聞かれたと思って冷や冷やすることさえ、それほどいやなことではなくて――。

「順調なんですか？」

僕が力なくたずねると、篠宮先輩は「そうだよ」と笑った。

「いっただろ？『うちの部屋の子が一番かわいい』って自慢できるって。仲良くやっていけそうだって思ってたのは、俺だけ？」

「…………」

昨夜、久しぶりに明日はどんなことが起こるんだろうと楽しみにしながら眠りについたことを思い出す。

「……僕もです」

声を絞りだしたら、わずかに目の奥が熱くなった。

「――そうか。なら、頑張ろう」

篠宮先輩が立ち上がって、僕のベッドへと近づいてきた。すぐ隣に腰を下ろして、やわらかな笑顔で僕を見つめてくる。

「頑張れるよな?」

その一言に引っ張られて、僕はなにかをこらえるように唇をゆがめて頷く。

「さっきはなにがあったの?　竹内先輩が……あのひとが悪ふざけでもした?」

「……竹内先輩はなにも悪くないです。僕が勝手に……入寮してから緊張続きだったから——たぶん慣れない環境で発作がでただけで……」

「そうか……」

篠宮先輩は「どうしてパニック発作が起きるのか」と原因を詳しく問い質してくることはなかった。僕も話したくなかった。そこまで曝《さら》けだせるほどまだ強くなってはいなかった。

「寮生活がそんなに得意じゃないのに、いきなり寮長と同室だったり、一年のリーダーに指名されたりして、びっくりした?」

「——一年のリーダーは……」

もし松岡学園の出身だということで選ばれているのなら、僕は相応しくないです——というつもりだった。

篠宮先輩はそれを察したように「もし」と言葉をかぶせる。

「負担なら他の子に頼むようにするけど……さっき、遠山は先生を呼んでほしくなさそうだったろ?　入寮早々、目立ちたくなかったからだよな。みんなの前で指名されたあとに、一年のリーダーをできないっていうことになったら」

「……よけい目立ちますね」

　僕が言葉のあとを引きとると、篠宮先輩は「残念ながら」と苦笑する。

「それは防ぎようがないけど、大丈夫かな。どうする?」

　若葉寮では寮長と副寮長と同室の一年がリーダーになる。ほかのひとができることを僕はできないといいたくはなかった。いままで篠宮先輩に「辞退できますか」と訊かなかったのも、雑用係なら僕にもできると思いたかったからだ。

　高校生になるとき、今度こそ——という期待があったから。

　僕はいつも皆があたりまえに乗っていく電車に乗り遅れているような気がするけれども、決して立ち止まっていたいわけではない。

　躓《つまず》いても、少し休んで、次の電車には乗っていこうとタイミングをはかっているつもりで。でも、それがあんまりうまくなくて……。

「——雑用係でいいなら、頑張ります」

　やっとのことでいうと、「よし」というように篠宮先輩は頷いてくれた。

「竹内先輩にも、今日のことはほかにいわないように頼んでおくから。むしろ今日、俺が知ることができてよかった。なにかあったら俺がフォローするから大丈夫だよ。一年のリーダーが雑用係ってのはほんとだし」

「…………」

「そんな情けなさそうな顔しない。こういうときのために、上級生が同室なんだから」

違う。情けない表情というよりも、僕はどういう顔をしたらいいのかわからなかったのだ。やっぱり先輩は王子様じゃないですか――といってしまいそうになった。「違うよ、人間だよ」と昨夜本人に釘をさされていたにもかかわらず。

この部屋に初めてきたとき、いったいどんなひとが同室なんだろうと考えると不安になった。薬の代わりに、篠宮先輩からもらったキャンディを舐《な》めたおかげで、ほっと息をついた記憶が甦る。

何気なく机の上のキャンディポットに視線を向けていると、篠宮先輩がそれに気づいたのか立ち上がって手にして戻ってくる。

手のひらに載せられる、甘く、やさしい色合いのキャンディ。

「寮生活ではみんな結構いろいろと事情があったり、問題をかかえてるものだから。もう気にしない」

「――はい」

「いい返事」

まともに目が合わせられなくて、僕はうつむいてもらったキャンディを口に含んだ。先ほど嚙み砕いた苦い薬とは違って、舌に沁み込む甘さに救われる。

その夜、さすがになかなか寝つけなかったけれども、僕はようやく落ちた眠りのなかで篠宮先輩からもらったキャンディのようなやさしい色合いに彩られた夢を見た。

夢のなかでふわふわと周囲に漂う甘いかけらを手にいっぱい集めるのだけれど、口のなかに入れてガリガリと噛んでいくと飴はすぐに消えた。舌に残る味は甘酸っぱくて、少しせつない。

二章

新しい出来事の連続は、日々が過ぎるのを早く感じさせる。学校がはじまってしばらくたつと、ふと窓に映る自分の制服姿に違和感がなくなった。

寮だけではなくクラスつながりの友人ができて、好きな先生や苦手な先生が判明し、ハイスピードで進む授業の手ごわさに唸《うな》り、チャペルでの礼拝で黙禱《もくとう》し「アーメン」というのが様になっていって――やがて変化は日常になる。

一年のリーダーということで、僕と朝倉《あさくら》が最初の点呼の週番のとき、一年と二年生の二人部屋は問題なかったが、三年の一人部屋は点呼の合図の放送が流れても誰一人廊下に出てくれなかった。

これは必ず最初に週番になった一年生に対する洗礼ということで、僕は事前に篠宮《しのみや》先輩に教えてもらっていたので驚きはしなかったが、ドアをノックしてやっと出てきた三年生に「遥《はるか》ちゃん遥ちゃん」と下の名前を連呼されて少しうろたえた。

だけど、「遥ちゃんは綺麗な顔して動じないなあ」と三年生にがっかりされるくらいには、うまくやりすごすことができた。もともとそれほど愛嬌《あいきょう》がある顔ではないからという話もあるけれども。

一年のリーダーは篠宮先輩がいったとおり、「一年生をまとめなければ」という気合いの入ったものではなくて、雑用プラス執行部と一年生のパイプ役だというのも救われた。過度なリーダーシップは要求されても無理だけれども、雑用や調整役なら慣れている。

「遠山《とおやま》はいわれた仕事こなすの早いな。松岡《まつおか》の寮ってうちより規律正しいの？　そこで鍛えられたのか」

執行部の先輩たちに感心されたときには少しドキリとした。

「そうじゃないよ。俺が同室でちゃんと個人指導してるから」

みんなが僕の中学時代の話にふれようとすると、篠宮先輩がやんわりと話題をそらしてくれる。そうすると、「個人指導ってなに？」という追及がはじまり、誰も松岡学園の話など聞こうとはしない。

僕は篠宮先輩にパニック発作のことを知られてしまったおかげで、最初にかぶっていた重々しい殻が壊れ、少し身軽になったような気がした。

一度は壊れてしまった殻をゆっくりと再生させる。それは周囲と隔てるための殻ではなく、周りのひとに溶け込むための殻だった。剝《む》きだしの僕は、まだ少し痛々しいかもしれなかったから。

新しい殻の重要成分のひとつは、間違いなく篠宮先輩の存在だ。

僕の全部を知っているわけじゃない。だけど、理解してくれている。

篠宮先輩のおかげで、僕はみんなと同じ電車に乗れているような気がした。軌道を外れることなく、まっすぐに進む路線の——それも、少し身分不相応なのではないかというくらいに良い席に陣取って楽しい景色を眺めながら。


自宅が遠距離ではない寮生は毎週末帰宅する組もいるが、僕は松岡学園の中等部の頃から二週間に一回ほどの頻度でしか家に帰らず、森園《もりぞの》にきて若葉《わかば》寮に入ってもそれは変わらなかった。

同室の篠宮先輩も毎週末は家に帰らない。帰省組は金曜日の放課後から帰るのが一般的で、月曜日の朝にそのまま家からくる者も多い。しかし、それとは対照的に篠宮先輩は家に戻ったとしても、一泊しかしてこない。

だから僕は家に帰る金曜日、いつも「いってらっしゃい」と篠宮先輩に見送られ、家から寮に戻ってきたときには「おかえり」と出迎えられた。

「しーちゃんは下手すると、数か月に一回くらいしか家には帰らないよ」

篠宮先輩と仲のいい御園《みその》先輩がそう教えてくれた。普通一年はホームシックで頻繁に帰るのに、去年、篠宮先輩は夏休みもほとんどの期間を残寮していて、上級生たちに「あいつ、寮の主にでもなるつもりか」と畏れられたらしい。「そんなに寮が好きなら、『おまえ来年寮長な』ってことで選ばれた」と嘘かほんとかわからない話も聞いた。

僕も正直、できることならあまり家には帰りたくなかった。家族が嫌いなわけではない。ただ気を遣わせてしまうのが申し訳ないのだ。しかし、帰らなかったら、もっと心配させるのはわかっていた。

ゴールデンウィークの後半の四連休、僕が家に帰ると、母親は安心したような顔で出迎えてくれた。学校生活が安定していることが僕の表情にも現れていたせいもあるのかもしれない。

家の居心地は悪くなかったが、休みが終わる一日前には寮に戻った。連休の四日間はずっと帰省しているひとたちがほとんどで、ひとの少ない若葉寮はどこかよそよそしかった。たった三日離れていたあいだに、まるで他人になったみたいに——廊下を歩いていると、入寮当日、自分の靴音がやけに響いたときと同じく静けさが僕の心に迫ってきた。

二〇六号室のドアを開けた瞬間、初夏の光が窓からあふれていて、部屋はいつにも増して明るく見えた。

机に向かって参考書を開いていた篠宮先輩がこちらを振り返る。髪が外の光に透けて金色に光っているみたいで、一瞬目が眩《くら》む。

「——おかえり」

僕は「ただいま戻りました」と口にしながら先ほどまでの不安がふっと遠ざかるのを感じる。ここが僕の居場所だと認められたみたいに。

「家はどうだった？」

「……まあまあです」

「一日早く帰ってきたんだ？　みんな戻ってくるのは明日の夜なのに」

「……家に来客があってさわがしいので」

嘘をついてしまった。ほんとは寮のほうが落ち着くからなんです――とはいえなかった。

この四連休、篠宮先輩が家に戻ったのかどうかはわからなかった。

ただ僕が「いってきます」と出て行ったときと寸分変わらぬ様子で、少し気難しげな顔で机に向かっている篠宮先輩の姿を見ると、先輩たちが「あいつ寮の主にでもなるつもりか」といった気持ちはなんとなく理解できた。

みんなが帰省して、誰もいなくなった寮でも、篠宮先輩は人目がないからといってだらけることもなく、つねに襟を正して王子然としたまま佇《たたず》んでいるような印象があるのだ。まるでそれが形状記憶されているみたいに。

成績は当然のように学年上位、先生たちの覚えもめでたくて、寮長に加えて学校の生徒会でも役員で、先日行われたばかりの校内のスポーツ大会でも目立っていたから運動神経もいいのだが、運動部の部活はやっていない。森園はなにかひとつ部活に入るのが規則なので、篠宮先輩は幽霊部員ばかりだという噂の英語研究会に所属していた。

「スポーツやらないんですか」と前に質問したら、「怪我すると困るから。日焼けも気になるし」と答えられた。王子はそういうところにも気を遣うのか、なるほど——と感心していたら、「馬鹿、冗談だよ」と笑われた。

「小学校のときはサッカーやってたから、真っ黒だったけどね。そこらじゅう疵《きず》だらけだったし」

じゃあなぜいまはやらないのか——という話は聞けなかった。

かといって、篠宮先輩は真面目一方というわけではなくて、御園先輩たちと結構きわどい話をしながら盛り上がったりしているのも知っているし、僕のことも面白がってからかうような一面もある。だけど、どんなにふざけてハメを外しているように見えても、彼の本質はそこにないように思えた。

綺麗な薄い色の瞳は、友達や後輩を前にしたときには生き生きと輝くけれども、ふっとした瞬間にどこを見ているのかわからない。なにかのスイッチが切れるような、謎めいた、不思議な瞬間——。

「遠山、昼は食べてきたの？　外行こうか」

帰省の荷物を整理していたら、篠宮先輩は勉強がひと段落ついたのか、机の椅子《いす》を回して振り返った。

僕は「はい」と立ち上がって、脱いだばかりの上着をはおって篠宮先輩と一緒に部屋を出る。

初夏の午後の陽射しはひたすら澄んでいて明るい。鮮やかな緑に彩られた坂道をゆっくりとくだりながら、僕は少し前を歩く篠宮先輩のうなじのあたりをじっと見つめていた。

並木の深い緑から差し込む木漏れ日を浴びて、篠宮先輩のからだの上には翳《かげ》と光が折り重なり交差する。襟から覗《のぞ》く首すじは黒子《ほくろ》ひとつすらなくて、綺麗でなめらかだった。

わずかに露出している肌の質感に執拗《しつよう》に視線を這《は》わせている自分に気づいて、僕はひそかにうつむいた。

少しだけ息苦しい。だけど、それは中学から僕が抱えていた鬱屈《うっくつ》したものとは種類が違っていた。甘くて、ほのかに苦い衝動。

「遠山、なに食べたい？　おごってあげるから」

「……あ、いいです。自分で払います」

「そんなこといわない。頑張ってる子にご褒美だから」

目線を上げると、陽射しよりも眩《まぶ》しくてくらくらしそうな先輩の笑顔があった。

「……僕は頑張ってますか？」

「うん――そう見える。よくやってるなと思うよ」

篠宮先輩は、僕が入寮二日目に発作を起こしたことについてはあれ以来まったくふれてこない。だけど、「頑張ろう」と声をかけてくれたときと同じつつみこむような目をしてくれている。

　ゆっくりと歩いているはずなのに、その眼差しを感じとった瞬間、僕はなぜか坂道を転がり落ちているような気分になった。


　寮自治会の執行部は毎週水曜日にミーティングの時間をとっている。一年のリーダーは、リーダーという名の雑用係とはいえ、毎週のミーティングの参加は義務となっていた。

　若葉寮では毎月一回、なにかしらの寮行事が企画されている。四月初めの新入生歓迎会、そして半ばには執行部主催のバーベキュー大会があった。

　まだ入寮して間もないということもあって、バーベキュー大会のときには一年のリーダーは先輩の指示通り買い出しをすればすんだ。昭島《あきしま》や七瀬《ななせ》などほかの一年生も積極的に準備を手伝ってくれたから僕はだいぶ助かった。

　ゴールデンウィークが過ぎて、中間試験も終わり、五月下旬の週末には一泊二日のふれあいの家での宿泊が予定されていた。執行部でのミーティング中、「一年生は参加率一〇〇％にするように」との命令がくだった。

「不参加のやつに『参加しろ』って声かけろってことですか。だったら、強制参加ってことにすればいいのに」

僕と同じ一年リーダーの朝倉《あさくら》が不満そうにいいかえすと、副寮長の御園先輩が「あのね」とためいきをついた。

「ほんとうにその日どうしても実家に帰省しなきゃいけない理由があるやつもいるから、強制するわけにいかないんだよ。寮の行事は学校の行事とも性格が違うし。だいたいほんの数名だし、そんな面倒くさそうな声だすな」

「面倒くさいからいってるわけじゃないですよ」

ふたりが睨《にら》みあうなか、篠宮先輩が苦笑しながら口を開く。

「理由なしに『不参加』っていってくるやつは、寮で人間関係うまくいってないことが多いんだよ。だから、ちょっと声かけてあげて。連休中に実家帰って、寮に戻って魂抜けてるやつもいたりするから。夏休みまではまだ間があるし、この時期、結構微妙だからね」

「……はい。そういうことなら」

同室の御園先輩にはいいかえせても、篠宮先輩のことは苦手らしく、朝倉は渋々と頷《うなず》く。僕は先輩たちのいうとおりにこなすのが精いっぱいだけれども、朝倉は疑問に思ったことは意見する。だけど納得したあとはきちんと仕事はこなすので、そういうところは羨《うらや》ましかった。

「そうだ」と御園先輩がふいに僕と朝倉にいやな笑顔を向けてくる。

「声をかけにくかったら、とっておきの誘い文句があるよ。ふれあいの家での宿泊は同学年で一部屋六人ぐらいで泊まってもらうことになるから。『一年同士、みんなで思い切り先輩の悪口いって盛り上がろう』っていえば、みんな喜んで参加するんじゃないかな？」

僕と朝倉は互いにちらりと気まずい気持ちで目線を合わせた。ほかの執行部の二年生の先輩たちがにやにやと笑う。

「おまえら、一年で集まることがあると、どうせ先輩の悪口ばっかいってるんだろ」

「実際、俺たちも去年はふれあいの家で先輩の悪口しか話した記憶がないな。夜通し語り合ったな。熱かった」

「今年は俺たちがなんていわれるのかね」

しみじみと先輩たちが頷きあうなかで、篠宮先輩がぼそりと「黒王子とか」と呟《つぶや》いたので、僕は凍りついた。

「しーちゃん、一年にそんなこといわれてんの？」

「遠山がいったのか？　おまえ、かわいい顔して案外悪いやつだなー」

厳密には僕がいったわけではないのだが、以前そんな内容のことを昭島たちと話していたのは事実なので、僕は「いや、それは」とうろたえるしかなかった。

「遠山がいったわけじゃないけど」

みんなが意外に大きく反応するので、篠宮先輩は驚いた様子ですぐに庇《かば》ってくれたが、僕は居心地が悪くて仕方なかった。

ミーティングが終わって、先輩たちはまだあれこれと話していたので、僕と朝倉はそそくさと逃げるように廊下に出た。

「……黒王子か。おまえ、そんなこと話してんの？　どうせ昭島たちとだろ？　楽しそうだから、今度俺も混ぜて」

朝倉に羨ましそうにいわれて、僕は返答に困った。

「あれは悪口でできた言葉でもないし、ほんとにたまたま……」

篠宮先輩はやっぱりあのときの会話をしっかり聞いていたのだ――と思うと少し悩ましかった。

「遠山も結構いうんだな。おまえはてっきり先輩大好きなのかと思ってた」

「――大好きだよ」

深く考えずに反射的にそう返してしまってから、朝倉の「即答かよ」と驚いた反応を見て、僕は表情をこわばらせる。

「その……僕はそれほど同室の先輩に対する不満はないから」

「まあ、篠宮先輩は大当たりだもんな。ほかのやつの話聞いてると、横暴な先輩も多いらしいから。でも王子って本音が見えにくいんだよな。当たりソフトだけど、すげえ高みから見下ろされている気がして、しゃべりにくい」

本音が見えない。それはたしかに思い当たるところもなくはないけど、でも……と、僕は朝倉の意見への反論をレポートにでもまとめそうな勢いで考えたが、口にすることはできなかった。

朝倉と別れて自分の部屋に戻ってから、僕はどさりとベッドに寝転がった。

大好きだよ——自分の口からとっさに飛びだした言葉を再生しながらぼんやりとする。

高校生活がはじまってから一か月半以上経った。そのあいだに僕が知ったことはいろいろある。たとえば——。

ドアが開いて「ただいま」と篠宮先輩が室内に入ってきた。べつに頭のなかを覗かれているわけでもないのに、僕はあわててベッドから身を起こして「おかえりなさい」と応えた。

「飛び起きなくたっていいのに」

「……寝転がったまま挨拶《あいさつ》すると、先輩に失礼ですから」

「そういうこというやつもいるんだ？　俺は遠山にいった覚えないけど」

だらけた姿勢で挨拶したら「ふざけんな」と怒鳴られた——その話を聞いたのは、怖い先輩と同室の昭島からだった。たしかに篠宮先輩から、そんなうるさいことをいわれた記憶はないが——。

「……今日、篠宮先輩は細かいことをよく覚えてるんだなってわかったので」

「なんのこと？」

「——黒王子の件です」

「ああ……ごめん、あれで遠山がみんなにいじられるとは思わなかった」

「僕たちが話してるの聞いて、怒ってたんですか？」

「怒ってないよ。先輩への愚痴や噂話は『新入生あるある』だから。あのとき遠山たちは楽しそうに話してたなって思い出しただけ」

僕がほっと胸をなでおろしていると、篠宮先輩はおどけたふうに「お詫《わ》びにコレあげる」とキャンディポットの飴《あめ》をひとつふたつと手の平に載せてくれた。

「だいたい黒王子っていってたのは昭島たちで、遠山は俺を王子様だって思ってくれてるんじゃないの？　そういったよな」

「――」

いまさらその話題を蒸し返されると思わなくて、僕は目許がじわりと熱くなるのを感じた。

「はい……そうです」

それ以上はうまくしゃべれそうもなかったので、ベッドに腰掛けておとなしくもらったキャンディを口に含む。

入寮当初なら、「篠宮先輩って王子様みたいですよね」となにも考えずにいえた。その言葉は「なんでも完璧にできますよね」とほとんど同義語だったからだ。おそらく他の生徒が気軽に「王子」と呼ぶのも同じ意味だった。

でもいまは――下手に口にすると、変な感情がこもってしまいそうで躊躇《ためら》う。

この一か月半、寮での日々で僕が知ったこと。

たとえば、仲のいい昭島は憎めないやつで、いつも「先輩に嫌われてる」といっているけれども、ほんとは同室の先輩とそれなりに仲良くやっていること。七瀬は愛嬌があって誰とでもすぐ親しくなるけど、神経が細かくてひとをよく見ていること。

同じ一年リーダーの朝倉は先輩相手にはすぐに突っかかるような口をきくけど、同学年には素直なこと。

副寮長の御園先輩は綺麗な顔を隠すために視力が悪くないのにわざと眼鏡をかけているというまことしやかな噂があること。

そして篠宮先輩は——実はかなりの甘党で、「脳のために糖分補給」といいわけして、いかにも賢そうに参考書を睨んでいるときも高確率でキャンディを口に入れていること。机の引き出しにはお菓子がたくさん溜め込まれていること。御園先輩やほかの友達に「お腹すいたから、なんかくれ」とねだられて、いやそうな顔で「仕方ないな」とお菓子をあげていること。でも、僕には結構気前よく分けてくれること。寝つきがよくて、消灯後に話をしていても、「もう寝る、おやすみ」といったあとには十分もたたないうちに寝息が聞こえてくること。寝顔の、閉じた睫毛《まつげ》が長くて綺麗なこと。朝起きたときは少し憂いがちにぼんやりしていて、僕が「おはようございます」と挨拶すると、まるで弱ったところを見られたように「おはよう」と照れくささうな笑顔を見せること。それから、それから……。

篠宮先輩の情報だけが、僕の頭のなかに過剰に蓄積されていて、バランスを崩す寸前だった。

先日、お昼をおごってもらったさい、僕は木漏れ日のなかで見た篠宮先輩のうなじから目が離せなかった。帰ってきて、彼の本の頁《ページ》をめくる綺麗な指先に見惚《みと》れた。就寝前の着替えのときに裸の背中が見えて、あわてて目をそらしたけれども、その肌色が頭のなかにいつまでも残って消えなかった。いま、僕の頭を割ってみれば、篠宮先輩を心のカメラで隠し撮りしたような画像が大量にあふれてきてしまいそうだった。犯罪者の気分になる。

――入寮二日目のあの日以来、僕は不安がたまりたまって息苦しくなるような発作は起こしていない。

でも、時々違った意味で胸の高鳴りを覚えてどうしようもないことがある。

いつもの不安なら精神安定剤で治まるのに、この不可思議な興奮と混乱の病を治す薬を僕は知らない。


週に一回、ベッドのシーツなどリネン類の交換がある。

リネン室に行って、新しいシーツを受け取ってきて、自分で替えるのだ。交換し終わったら、使用済みのものは常設されている大きなワゴンのなかに入れて洗濯にだす。

個人の洗濯ものは名前つきの袋に入れてだしておけば、翌々日にはクリーニング済みのものが各自の専用棚に戻される形式になっている。一応共用の洗濯機も乾燥部屋もあって、自分で洗濯をすることも可能だったが、簡単なものは自分で、面倒くさそうなものはクリーニングでと寮生たちは使い分けていた。

僕がシーツを受け取りにいったとき、ちょうど七瀬と顔を合わせた。「おー」と声をかけられて、一緒にシーツ受け取りの列に並ぶ。

受付当番に部屋番号をいってシーツを受け取ると、後ろに並んでいた七瀬が変な顔をした。

「遠山、自分の分だけでいいの？　先輩の分は？」

「え？」と振り返ると、七瀬は同室の先輩の分も受け取っているらしかった。

「……先輩の分もっていってるの？」

「え、いままでもっていってないの？　俺、四月の最初にシーツ交換は一年の仕事だっていわれたけど」

もう五月半ばすぎなのに――そんなことは一度も聞いていない。

「篠宮先輩はいつも自分でしてるけど」

「ほんとに？　俺のとこの先輩はみんなやってるっていってたのに。騙《だま》されたのかな」

よくよく並んでいる皆を見ると、ほとんどが二人分のシーツを申請して受け取っている。いままで気づかなかった。

「じゃあ七瀬のとこは、先輩のベッドメイクまで後輩がしてるってこと?」

「——正確には、『やらされてる』」

松岡学園のときは同学年で四人部屋だったから、シーツ交換は自分でやるものだった。でも、上級生と二人部屋ならたしかに下級生の仕事なのかもしれない。

「僕は篠宮先輩に『やりましょうか』って聞いたこともなかった……」

「いいんじゃない? みんながやるわけじゃないのかもしれないし。横暴な先輩しか一年にやらせないのかもよ」

「昭島に聞いてみる」

「いや、やめとけ。あいつんとこは絶対にやらされてるに決まってる。……あ、中間値そうなサンプル発見。あいつに聞こう」

リネン室を出てしばらくしたところで、朝倉が廊下の向こうから歩いてきたので、七瀬が「おーい」と手を振る。朝倉は「おう」と手をあげて近づいてきた。

「朝倉もシーツ取りにきたんだよね? 何人分?」

朝倉は質問の意味がわからないというように「は?」と眉をひそめた。

「なに、それ。なんか引っかけ問題? 二人分に決まってるだろ。御園先輩と俺の」

当然だろ、という口調にショックを受ける僕を横目にして、七瀬が勝ち誇ったように両腕を万歳とあげた。

「やっぱ副寮長も一年にやらせてるんだ」

「なにいってんの？　そういう決まりなんだろ？　俺、最初にいわれたぜ。『朝倉、悪いけど、これから一年、きみは俺の奴隷なんだよ』って」

「うわ、しかも結構なドS発言されてる」

「ちょっと待て。俺だけなのか？　みんなやってるんだろ？　やってないヤツなんているのか？」

「こちらにひとり」と七瀬にやけに優雅な手つきでしめされて、僕はその場から逃げだしたくなった。朝倉はチッと舌打ちしてみせる。

「王子のとこか。遠山――おまえは部屋運で、これからのすべての良い運勢を使い果たしてると予言してやろう」

「……今日から僕もやるから」

篠宮先輩の分のシーツを取りに再びリネン室に戻ろうとした僕を、七瀬が「待って待って」と呼び止める。

「篠宮先輩に聞いてからのほうがいいよ。ほら、もしかしたら他人に寝床をいじられるのがいやなひとかもしれないだろ。わざわざ遠山に『やれ』っていわなかったとしたら。そういう事情、わかんないからさ」

「潔癖症とかあるからな」と朝倉も頷くのを見て、そういう可能性もあるかもしれないと思いとどまった。

　部屋に戻ろうとした僕たちを、朝倉が「そうだ」と呼び止める。

「さっき御園先輩からいわれたんで報告。宿泊学習なんだけど、とりあえず一年の不参加者は七人。そのうち二人はほんとに用事があるらしいからさ。B棟の三人は俺から声かけるから、A棟の二人はおまえのほうが顔馴染みだろうから、ちょっと声かけといて」

「──わかった」

　告げられたA棟の二人のうち、橘《たちばな》という名前に、七瀬が「うわ、またやなやつが。学校で俺と同じクラスのやつだ」と反応する。僕は橘の顔と名前は一致するものの、個人的には親しく話したことはなかった。

「そうなの？　どんな子？」

「うーん……あんま共用スペースとかに出てきてないかもね。クラスでもちょっと癖があって浮いてる」

　朝倉が「じゃあ頼んだぞ」とリネン室に向かうのを見送ってから、七瀬はこそっと囁《ささや》く。

「あのさ……シーツ替えの件、わざわざ王子にいうことないかもよ。いままでいわなかったってことは、やらせる気がないいんだよ。それですましていいんじゃない？」

「でも皆がやってるんだったら、僕だけやってないのは気になる。篠宮先輩が頼みにくいのかもしれないいし、僕から『先輩やりましょうか』って声をかけて、一応確認しないと」

「遠山って真面目だなあ。俺だったら、労働がひとつ減ってラッキーですませるけど。先輩にいわれたらやればいいやって」

「たしかめてから、ラッキーと思ったほうがいいから」

七瀬は目を瞠《みは》ったかと思うと、「は」と笑いながら僕の腕にしがみついてきた。

「おまえのそういうとこ面白いなあ」

「そうかな……」

僕がとまどいながら問い返すと、背後から「なに、いちゃいちゃしてるんだ」と昭島の声がした。

「あ、おまえら、シーツ取りに行ったの？　俺も行かなきゃ。忘れてた」

七瀬が「一応訊《き》いておく？」と、リネン室に向かおうとする昭島の背中に「おーい」と呼びかける。

「昭島、シーツは先輩の分も取ってくるんだよな？」

「あたりまえだろ。シーツ替えの日は先輩が風呂終えるまでに、ホテルのベッドみたいに皺《しわ》ひとつなくピシッと整えておかなきゃ殺される」

七瀬が「な、ほら、やっぱり」としたり顔でいうので、僕は納得して「うん」と頷いた。

その日、篠宮先輩は学校から帰ってくるのが遅くて、風呂や食事の時間で僕とはすれ違いになってしまったので、なかなか顔を合わせなかった。

昭島や七瀬たちと食事を終えて食器を片づけようとしたとき、ようやく篠宮先輩が食堂に入ってくるのが見えた。あわててそばに寄って行って、「今日シーツ交換の日なので、僕がやりましょうか」と申し出た。すると、篠宮先輩は驚いた顔を見せたあと、「いいよ。あとで自分でやるから」とさらりとことわった。

「王子、なんだって？」

食堂を出てから、七瀬がたずねてきたので、「自分でやるっていわれた」と答えると、「やっぱラッキーじゃん。ひとにやられたくないんだよ」と背中を叩《たた》かれた。

「なんのことだ？」

昭島にあらためて事の次第を説明すると、新たな見解が聞けた。

「篠宮先輩、二年の友達とかと普通にドリンク回し飲みとかしてるの見たことあるから、潔癖症はないんじゃないか？　ベッドのマットの下に、見られたくないもの隠してると見た。いかがわしい本とか」

「それもあるかもな」

うんうんと頷く七瀬に、僕は「なんでそんな話に……」と眉をひそめる。

「だって俺の部屋の先輩なんかはパソコンを秘密に持ち込んでるから、画像とか見られるだろうけど。王子はどうしてんのかなあ、って思って」

そういえば篠宮先輩がどんなタイプの女の子が好きなのか、僕は知らない。御園先輩たちとは話すのかもしれないが、そういった話題は僕には振られないから。

「――おまえら声でかすぎ」

ふいに後ろから笑う声が響いてきたので振り返ると、三年生の竹内《たけうち》先輩が立っていた。僕たちはあわてて頭を下げる。

「篠宮が潔癖だとか、いかがわしい本とか、いったいなんの話してるんだ？」

入寮二日目に発作を起こしたのを見られたこともあって、僕ははじめ竹内先輩が苦手だった。でも、篠宮先輩が頼んだとおり、あの件を内緒にしてくれているし、こうやって顔を合わせる機会があれば、普通に親しげに声をかけてくれる。なによりも腫れ物にさわるような扱いではなく、何事もなかったように接してくれるのがありがたい。

いまでは、どうして僕はこのひとの前で息苦しくなったりしたのだろう――とさえ思うようになっていた。このひとは、松岡学園の先輩たちとはまるで違うのに。

竹内先輩から篠宮先輩に伝わってしまうと困るので、僕は「いえ、なんでもありません」といったんはかぶりを振ってとぼけようと試みた。だが、竹内先輩は許してくれなかった。

「こらこら。俺は篠宮と遠山の指導役なんだから、ちゃんと報告すること」

「……はい」

そういわれてしまっては一年生は逆らえない。仕方なく事情を話すと、竹内先輩は「あいつ、遠山にシーツ交換させてないんだ」と驚いたようだった。

「潔癖症ってことはないと思うけど。……しかし意外だな。篠宮のやつ、俺には『早く奴隷が欲しい』っていってたのに」

「――」

思いもかけない発言に、僕は固まった。背後で昭島が「やっぱ黒王子だ……」と呟く。

「あの……御園先輩も同室の朝倉に『奴隷だ』っていったそうなんですけど、それってどういう意味なんでしょうか」

「ああ、御園も待望の奴隷だろうな。あいつも一年の頃、みんなにかまわれて大変だったから。あいつら目立ったからな」

僕たちの不審そうな目を見て、竹内先輩は「いや」と苦笑した。

「『奴隷』っていうと、言葉悪いけど。若葉寮は、上級生と下級生が一緒の部屋だろ？　もちろん上級生は一年生を正しく指導する立場なんだけど、その代わりに一年生は先輩をたてるというか。上級生と下級生は『王様と奴隷』みたいなもんなんだよ。俺も一年のときはそうだったし、篠宮ももちろんそう。まあ、シーツ替えは一応一年の仕事なんだよ。『そういう習慣だから』って皆やらせてるはず。なかにはシーツだけじゃなくて、クリーニング室の棚から出来上がった衣類の洗濯物をもってこさせたり、ひどいやつは下着や靴下の洗濯させるやつもいる。パシリをやらせる上級生がいるってこと」

昭島が「俺の先輩だ……」と呟く。

「おまえの同室、誰だっけ?」

「葉山《はやま》先輩です」という答えを聞いて、竹内先輩は納得したように頷く。

「葉山も先輩にだいぶシゴかれたからな。自分がやらされたのと同じことをおまえにやらせてるんだよ。伝統を継承してるつもりだから、本人に悪気はまったくないはず。おまえを嫌いなわけでもない。あいつ、気の悪いやつじゃないしな。もしも酷いようだったら、それこそ葉山と同室だった三年の先輩に相談しろ。葉山も自分の指導役には逆らえないから。それと同室じゃなくても、目立つ後輩には理不尽な要求してくるやつもいるから、横暴すぎるやつは必ず報告な」

「でも、三年に報告しても、その先輩も同じタイプだったら意味がないような気が……」

「三年は二年には厳しくするけど、一年生はもう孫みたいな存在だから。正直、同室じゃないから、先輩風吹かせて、いい顔見せるだけですむんだよな。『おまえ、調子にのってやりすぎるなよ』ぐらいはいってくれるよ。三年は一年の味方になるのも伝統みたいなもんだから」

しかし、昭島はわざわざ三年生に相談するつもりはなさそうだった。「告げ口するみたいでちょっと……」と申し訳なさそうにしているところを見ると、やはり同室の葉山先輩とはそれなりに良好な関係ができているのだ。

「まあ、先輩とのコミュニケーションのひとつだと思って、うまくやってくれればそれでいいけどな。なにかあったら、三年にいえばいいから。——遠山もな、篠宮にいえないことは俺に相談してくれていいから」

「……はい」

竹内先輩の気遣いはありがたかったけれども、シーツ替えは普通に一年がやることなのだということがわかって、僕は複雑だった。

どうして篠宮先輩は僕にやらせないのだろう。


篠宮先輩は食堂の帰りにリネン室に寄ったらしく、替えのシーツを手にして部屋に戻ってきた。

僕は机に向かって本を読んでいた。

この部屋で暮らすようになってから、僕は本をよく読むようになった。それというのも、篠宮先輩がいったいいつそんなに読んでいる時間があるのかと思うほど読書家で、机の脇や棚には図書館から借りてきた分厚い本が何冊も積み重なっているからだ。

学校の勉強だけではなくて、あれぐらい本を読まないと篠宮先輩みたいになれないのかもしれない——と単純に真似できることは真似していた。

けれども、その日は一応本を開いているだけで、僕はまったく集中はしていなかった。シーツ替えのことが気になっていたからだ。

篠宮先輩に声をかけたかったが、タイミングの悪いことに、八時をちょうど過ぎたところだった。

若葉寮では平日「沈黙の時間」というのが設けられていて、八時から九時のあいだは、ほかの部屋に遊びにいくことはもちろん、室内での私語も一応禁止とされている。なぜかというと、その一時間は必ず机の前に座って学習することになっているからだ。

七瀬たちに聞くと、部屋の外に出ることは目立つのでできないが、室内の私語禁止や机に向かうことは皆必ずしも守っているわけではないようだった。

しかし、一応進学校なので、三年のみならず、普段から二時間でも三時間でも勉強する者はいくらでもいる。受験対策に十分な時間をとるために、一年時から授業のスピードが速く、予習復習が必須でもあるからだ。学習に励む同室者に配慮するためにも、一時間だけは規則で静寂の時間を設けているのだった。

この時間だけは他の部屋からも廊下からの物音も聞こえない。隠れて私語をかわす場合は、みんなひそひそ声になるしかない。

そして他の部屋はともかく、篠宮先輩は寮長なので、いままではもちろん規則を守って、「沈黙の時間」はずっとしゃべらないし、机に向かって勉強するのがつねだった。

だが、この日、学校から帰ってくるのが遅かったせいか、篠宮先輩はまずベッドのシーツを替えようと思ったらしい。「沈黙の時間」が終わったら、事情を聞いて自分がシーツ替えをやらせてもらおうと考えていた僕は焦った。

「……篠宮先輩っ」

禁を破って呼びかけると、思いのほか声が大きく響いてしまった。ベッドに手をかけていた篠宮先輩は驚いたように目を瞠って、僕を振り返った。怒られるかと思ったが、悪戯《いたずら》っぽい笑顔を見せて、「しーっ」というように唇に指をあててみせる。

僕は無言で詫びるつもりで頭を下げた。すると、篠宮先輩は自分の机の椅子を引くと、僕のそばまで寄せてきて腰を下ろした。

「……なに?」

囁くような声。大きな声をだせないからか、内緒話をするみたいにからだを寄せてくる。

距離が近いことに、僕は少しばかり動揺した。でも、以前みたいにパニックを起こしそうな感覚ではなかった。もっと違う——甘い動悸《どうき》。

この状況ではあまり多くを話せない。そう思ったら、竹内先輩に聞いた発言のなかで一番衝撃だった言葉が頭に浮かんだ。

「……先輩は、奴隷がほしかったんですか」

「――」

篠宮先輩は驚いたように瞬きをくりかえした。たっぷり三十秒は沈黙したあと、わずかに眉をひそめる。

「……悪い。事情が呑み込めないんだけど、なんの話？」

「どうして僕にシーツ交換させないんですか。竹内先輩が普通は一年にやらせるものだっていってました」

そこで話の流れを察したらしい。篠宮先輩は困ったような顔になって、いったんからだを引いた。

悩ましげに額に手をあてて考え込みはじめる彼を見て、僕はよけいなことを聞いてしまったのかと後悔した。

しばらくすると、篠宮先輩は「あのね」とさらに声をひそめた。

「――『奴隷がほしい』っていったのは、遠山が考えてるような意味じゃないよ。先輩たちと話してるとき、一年生のことを『奴隷』ってふざけていうから。単純に、俺も早く自分が先輩になって、新入生がこないかなって待ち望んでいただけ」

それは理解できるが、シーツ交換をさせない理由にはなっていなかった。

もしかしたら、発作の件で気を遣わせているのかと思ったのだ。昭島みたいに明るくてあけっぴろげな性格なら、先輩たちは気軽に接するのかもしれないと考えたら……。

「……篠宮先輩は、僕に使い走りとかもさせないですよね」

「使い走りしたいの？」

正直、シーツ替えはもちろん、篠宮先輩のためなら、僕はなんでもしたい心境だった。僕の居場所をつくってくれたのだから。他の後輩と扱いを区別されるのは辛《つら》い。

「……役には立ちたいです」

篠宮先輩は再び驚いたように目を瞠ったあと、ふっと表情をゆるめた。

「普通はいやがる後輩に、先輩が半ば強制的にやらせるもんなんだけどな。使い走りさせろといわれるとは思わなかった。たしかにシーツ交換は一年にやらせてるやつ多いけど、べつに規則じゃないんだよ。遠山は頑張りすぎ」

「すいません。でも、皆と同じようにしたいんです」

「――わかった。じゃあシーツ交換してくれる？　『沈黙の時間』が終わったらでいいから」

「はい」

それから僕はいつものように机に向かって、明日の予習をした。廊下の外が急に騒がしくなったなと気づいたら、机のうえの時計が九時を過ぎていたので立ち上がる。

振り返ると、篠宮先輩が机の椅子をこちら側に回して、僕のほうをじっと見つめていた。てっきり彼も机に向かっていると思っていたので、いつから見られていたのだろうかと心臓が跳ねた。

僕は篠宮先輩のベッドの布団をはいで、新しいシーツに替えた。篠宮先輩の視線を背中に感じて、手が少し震えてしまった。

シーツの交換が終わってから、「終わりました」と告げると、篠宮先輩は「ありがとう」と微笑《ほほえ》んだ。

「――遠山は、あれかな。みんなから浮くのがいやなのかな。それが心配？」

シーツ替えにこだわる真意をそう解釈しているらしかった。また気遣われてしまっているのだ。皆と同じことをやりたい。外れてはいないけれども……。

「そうじゃなくて……それもありますけど、僕は篠宮先輩に距離をおかれたみたいでいやだったんです」

僕としては正直に気持ちを伝えたつもりで、それほど変なことをいったつもりはなかった。だけど、篠宮先輩はどこか意外そうな顔をした。いつも口許に浮かんでいる柔和な微笑みが消えて――いつになく視線が僕に向かって深く入り込んでくる。

相応《ふさわ》しい言葉ではなかったのだと焦って、こめかみのあたりがキュッと痛くなった。

「シーツ、洗濯にだしてきます」

取り替えたシーツ類を手にして、僕は部屋を出た。

べつにおかしいことはいってない。篠宮先輩も変だとは思わないはずだった。ただ遠慮なく普通の後輩として扱ってほしいといっただけだ――。

普通の……?

リネン室に向かう途中、階段の踊り場のところでふっと足を止めて、僕は手にしているシーツをそっと大事なもののように抱きしめた。篠宮先輩の匂いがする。

違う。望んでいるのは普通じゃなくて、もっと近くて特別な――。


宿泊学習に不参加のA棟の一年生のうち、ひとりは「一年の親睦を深めるためだから」と話すと、すぐに「じゃあ出てもいいよ」といってくれた。

残りのもうひとり――橘に声をかけるために、僕は昼休みに七瀬のクラスに顔をだした。一学年は四クラス、僕は一組、七瀬と橘は四組だ。

「あそこにいるけど……呼んでこようか?」

七瀬は廊下に出てきてから、教室内の窓際の席を指さす。橘は机に座って文庫本を読んでいた。

七瀬がそばによって「おーい」と声をかけると、橘はうるさそうに睨《にら》んだあと、次には教室の出入り口に立っている僕を見た。眉根を寄せていて、いかにも剣呑《けんのん》といった顔つきだ。

「……なに？」

出入り口まできてくれたものの、鋭い目つきは変わらなかった。

「宿泊学習の件で話があって」

「俺、不参加だって回答したはずだけど」

「用事がないなら、参加してもらいたいんだ。一年同士の親睦を深めるためにも――さっきほかのやつにも声をかけてきて、ＯＫもらったんだ。橘ももしよかったら……」

橘はうんざりしたように僕を見た。

「……俺、苦手なんだよ。あの寮のノリ。三年の受験のときに一人部屋のほうがいいなってことで、第一希望を若葉にしたんだけど。実際、入ってみたら、青嵐《せいらん》にしときゃよかった。あっちはそんなに寮行事とか頻繁じゃないっていってたし」

どの寮に入ればよかったか。たしかに想像とは違っている部分もあるのかもしれないので、いいぶんはわからないでもなかった。

「でも一年同士で同じ部屋に泊まれるっていうし、いい機会だから」

なんとか誘おうと試みる。七瀬が助け舟をだしてくれた。

「そうだよ。おまえもどうせ三年間過ごすことになるんだから、ちょっとはみんなと溶け込んだほうがよくない？」

「うるせーな。てめえはリーダーでもなんでもないだろ。いわれる筋合いねえよ」

「なんだよ。おまえ、だからクラスでもいつもひとりなんだよ」

七瀬と橘が睨みあったので、僕はあわてて間に入った。

橘はじろりと僕をねめつけた。

「おまえもさ、先輩たちにいわれたから、俺にわざわざこうやって声かけてくれてるんだろうけど。もう役目果たしただろうから、これでいいだろ？　おまえは王子と同室で、リーダーに指名されて、みんなと仲良く過ごしてるだろうけど、こっちにはそういうおホモだち趣味ないっていってるだけ」

寮ではほとんどしゃべったことがなかったので、僕は橘がこれほど攻撃的なタイプだとは知らなかった。これは無理強いすると、よけいに逆効果かもしれなかった。

「……もし気が変わって参加するようだったら、今週中に僕にいってきてくれればいいから」

橘は「行かねえよ、かったりいな」と頭を掻《か》いた。

「俺はもともと集団苦手なんだよ。おまえみたいに男子校慣れしているのとは違うから。おまえ、中学も寮のある学校だったんだろ？　なんかほかのやつが話してるの聞いたぜ。どうりで先輩たちに取り入るのうまいよな」

僕が松岡学園出身だということは、いつのまにかみんなに広まっているらしかった。「だからリーダーに指名された」と納得しやすい理由だからだろう。いまさら隠せるものではなかった。

「僕も寮生活がいろいろ大変だってことは知ってるよ。だから……いやなら無理にとはいわない。できれば参加してほしいけど、気が向かないようだったら、かまわない。まだこの先もいろんな行事はあるから」

「はいはい、わかりました、ご苦労さん」

ようやく話が終わったとばかりに、橘は教室のなかへと戻ろうとする。

「……なに、あいつ。なんで遠山が松岡学園出身だからって先輩に取り入るのがうまいってことになるんだよ。ひねくれた野郎」

七瀬が腹立たしそうにぶつぶつと文句をいうのを、僕は「大丈夫だから」となだめた。

すると、橘が足をぴたりと止めて、僕たちを振り返った。

「おまえ、松岡学園の出身なの？　へえ、寮のあるとこってだけで、学校名までは知らなかった。なんで内部進学しなかったの？　あそこは中等部からかなりの先取り授業してるから、高等部二年からはほぼ入試対策に特化してて大学受験に有利なのに」

橘はそこで初めて僕に関心をもったようだった。いままでは「うるせえやつ」としか思っていなかったのに、初めて個人として認識したように。

七瀬もその変貌が意外だったらしく「おまえ、やけに詳しいな」と目を瞠った。

「だって、俺、松岡の中等部受験して落ちたから。――勿体《もったい》ねえ。森園も偏差値ランク的には同じだけど、わざわざ松岡から森園くるって普通ないだろ。なんか居づらくなった理由でもあるわけ?」

「………」

四月当初は松岡の名前をだされるたびに神経質になっていたけれども、いままで「じゃあ中学も寮だったんだ?」ぐらいにしか話題が広がったことはなかった。

とっさに返答できずにいると、七瀬が横から「馬鹿いうな。おまえじゃあるまいし」と返した。

「うるせえな。おまえに聞いてねえよ」

橘は「馬鹿らしい」と呟いて、今度こそ教室のなかに入っていった。窓際の席に戻って、机の上に突っ伏す姿が見える。

「――あいつ、クラスでもずっとあんな感じなんだ。寮でも学校でも親しくしてるやつ、いないんじゃないかな」

「……そうなんだ」

「気にするな。誰にでもあんな態度だから」

七瀬はそういったが、僕は妙に落ち着かないものを覚えた。

心の底に沈んでいた暗い澱《おり》が、「居づらくなった理由でもあるわけ?」の一言でふっと浮き上がる。

小学校の頃、僕は一緒に暮らしていた父にかまってほしかったから、成績表では必ず先生に褒められるような「いい子」だった。なろうと思ってなったわけではなく、その型にはまることでしか、父に気に入ってもらえる方法はないと思っていた。

父が事故で亡くなって、離婚していた母に引きとられた。母はやさしかったけれども、すでに再婚して年数も経っており、新しい義父の連れ子である義弟もいて、僕だけの母ではなかった。

中学進学のとき、寮のある松岡学園を受験することになったのは、義父がそこの卒業生だったからだ。松岡学園は全寮制ではなかったので自宅通学も可能だったが、「一生の友人ができるから」と寮をすすめられた。決して僕を追いだそうとしたわけではないと理解していた。有名な進学校だったし、将来を考えてくれたからだ。でも、きっと義弟には、中学から親元を離れる寄宿生活を選択肢には入れないだろうと思った。

松岡学園に入ったとき、僕は新しい居場所をつくるつもりで、学校も寮での生活も自分なりに積極的に振る舞った。

もともとの性格がそれほど社交的ではなかったから決して愛想がよかったとはいえないけれども、自分に少しでも関わってくれたひとには頑張って話しかけるように努力した。応えてくれるひとはいるもので、友人は少しずつ増えていった。

学校の成績だけは良かったから、誰も立候補しない場合、先生に指名されてクラスの委員長などをやることが多かった。みんなにとっては面倒くさいかもしれなかったが、役割を与えられたほうが、僕はむしろ気が楽で、自由にやれといわれるよりも行動しやすかった。

それまで自分の顔かたちはあまり意識したことがなかったが、松岡学園に入ってから先輩からはよく「かわいい」と声をかけられた。

男子校独特の空気というやつで、たぶんその先輩たちも、共学で女の子がそばにいる環境だったら、僕になど目もくれなかったのだと思う。

僕が話しかけると、あからさまに喜んでくれる上級生もいた。僕はそれまであまりひとに頼ることがなかった。どちらかというと、みんなが面倒くさがる役割を積極的に引き受けることで、他人とのあいだに居場所をもらっているのだと自覚していたから。

甘やかされることに慣れていなかったけれども、もちろんかまってもらうのがいやなわけではなくて、好意を寄せてもらえればうれしかった。

二年生のときには、寮で棟長になった。松岡学園の寮には、寮長、副寮長のほかに棟長、さらに階長と細かく役職があった。中高一貫で受験の心配がないため、普通は各長すべてが三年生でしめられる。

だから二年生で任されるのは珍しいことだった。周囲のみんなは最初「遠山は真面目で優等生だから」と納得してくれていた。

棟長になると三年の先輩たちと行動を一緒にすることが多くなった。なかでも特別やさしくしてくれる先輩がいた。

「遠山に頼ってもらえるとうれしいよ」

そんなふうにいってくれる彼に、僕はひそかに憧れていた。

――好きなのかもしれない。そう思った。

でも、いくら「かわいい後輩がいる」と下級生のことを噂しても、周りの皆は本気で男を好きだと思っているわけではなかった。あくまで代替品。同じ系列の女子校の文化祭に行けば、かわいい女の子の写真を撮ってきてはうれしそうに騒ぐのだから。

それがわかっていたので、僕はその先輩に自分の気持ちを伝えるなんて考えもしなかった。だけど、同級生の仲のいい友達には「先輩のなかで一番好きだ」と話した。

秘密を打ち明けることで、少しだけ甘い気分になれて幸せだった。成就しなくても、片思いしているだけで充分だったのだ。

それがあんなひどい結果を引き起こすなんて思いもしなかった。

時々、どうしてあんなことになったのかわからなくて、いまでも大声で叫びたくなることがある。でも、声がでない。苦しい。

中等部の二年の秋過ぎには、寮で与えられていた真面目な優等生という僕の役割は一転していて、「あいつはヤバイ」と腫れもの扱いになっていた。

結局、橘は宿泊学習に参加するとはいってこなかった。

ただ寮で会うと、僕に声をかけてくるようになった。松岡学園で内部進学しなかった理由を追及されたらいやだと思っていたが、幸いなことにそれは聞かれなかった。

食堂で顔を合わせたときなど、僕がいるテーブルにやってくる。昭島と七瀬がいても、彼らに話しかけることはなくて、僕にだけぽつりと話しかけてくるのだ。

「俺、ほんとは松岡学園行きたかったんだよな。おまえ、このあいだの中間テスト、全科目成績優秀者として名前貼りだされてたもんな。おまえみたいに頭いいやつが森園にくるってことは、ここも捨てたもんじゃないのかな」

「……森園はいい学校だと思うよ」

「そっか。まあそうだよな」

話しかけてくるのは松岡学園のことか、授業の課題、もしくは志望大学や勉強方法のこと。

「おまえ、普段は何時間勉強してんの」などと僕に問いかけてきて自分で納得すると、それ以上は僕たちの会話に混ざることもなく、さっさと食事をかきこむように食べ終えて去っていく。

橘が席を立ってから、七瀬は不快そうに顔をゆがめた。

「なに、あれ。気味悪いやつだなー。あいつ、どんだけ松岡学園にコンプレックスあるんだよ。なんで遠山だけに話しかけて、俺たちを無視？」

「遠山をリスペクトしてるんじゃないか？　さすがに淋しいのかもな。あいつ、寮でほかに話すやついないだろ。遠山ならA棟のリーダーだし成績優秀者だし、なんでも質問してもいいと思ってるんじゃないか？」

「……うわ。昭島、おまえって好意的な解釈するのな。淋しいっていうより、なんか怖いよ。遠山、適当にして、あんまりかかわらないほうがいいよ？」

「うん——でも、変なこと訊かれているわけでもないから。そもそも宿泊学習に不参加のやつに声をかける目的も、寮でうまくいってないやつをなじませることだったたし」

「お人よしすぎ」

　僕も橘の行動にとまどいを覚えてないといったら嘘になるが、あらためて彼の様子を見ていると、ほんとうに他に誰も親しくしている人間がいないのだ。

　いつもひとりで孤立している。たしかにこれだけ大人数がいるのだから、全員がみんなでわいわいと騒ぐのを好む人間ばかりではない。橘の同室の先輩もそういう個人主義のひとで、あまり彼に積極的にかまったりはしていないようだった。

　いくら橘本人も集団が苦手だといっていても、寮生活でずっと誰とも親しく接していないと精神的にまいってしまうような気がした。

　僕には覚えがあったから——中等部の二年の途中から、松岡学園でほとんど寮内の誰も用件以外は口をきいてくれなくなった。僕を直接知らなくても、なにが起こったのか実態もわからなくても、噂だけは広がっていった。本人たちはさほど悪気のない、悪意の伝播《でんぱ》。

　自分が苦しめられたことを考えると、橘の状況は他人ごととは思えなかった。

　宿泊学習の前日、篠宮先輩に「もっとしつこく誘ったほうがよかったんでしょうか」と相談すると、微妙な表情を見せられた。

「——一年生は一〇〇％参加とはいったけど、そういう子は無理に誘わないほうがいいかもしれない。彼のほうから皆に関わる気にならないと、意固地になるだけだから。ちょっと同室の二年のやつに俺から声かけておくよ。後輩がなじむように気をつけてやってくれって。寮行事とかには積極的じゃないけど、趣味の友達とかはちゃんといるやつだから」

「お願いします」

　放っておけない——とは思いつつも、これ以上自分から声をかけてうまくいく自信もなかったので、僕は安堵《あんど》しながら頼んだ。

「——遠山は偉いな。橘のこと、気にしてるんだ」

「僕には話しかけてくるから、話すのが嫌いなわけではなさそうなんです」

「遠山が頼れるリーダーに見えるからかな」

「いえ、それは全然違う感じなんですけど」

速攻で否定すると、篠宮先輩はおかしそうに笑った。

「じゃあ、かわいいからだ」

「いえ、それも違う方向で――」

こういうことをいわれると、少し前までは顔をひきつらせるだけだったのに、いまではうっかりすると頬がじわじわと熱くなってしまうので、僕はすぐに話を切り上げて机に向かって勉強をする振りをしていた。

(僕は先輩に距離をおかれたみたいでいやだったんです)

あのシーツ交換の一件で、僕はあさましくも自覚してしまった。距離をおかれるのが淋しい――つまり篠宮先輩に近づきたいのだと。

でも後輩として親しくしてもらえば、それで満足なのだ。いくら「かわいい」と冗談でいわれても誤解してはいけないと自らを戒めていた。

好きになってもどうしようもない。愚かにも以前と同じような間違いはしないと決めていた。

篠宮先輩は僕にとって甘いキャンディで、精神安定剤の代わりで、いわば聖域だった。このひとが同室だから、僕は若葉寮でほぼ理想通りの高校生活を送れているのだ。

篠宮先輩には、ずっと綺麗な王子様のままでいてほしい。

嘘みたいに澄んでいて、きらきらとした成分だけで構成されていて、美しい。そういったものがこの世にもあるのだと信じたかった。

(……人間だよ)

入寮当日にそういわれたことを忘れたわけではなかったけれども——でも、一歩引いたまま偶像扱いでもしていないと、もっと坂道を転がり落ちるようにして惹かれてしまいそうで怖かった。これ以上、深く知りたいと思ってはいけない。

憧れの先輩。それぐらいがちょうどいい。

「——遠山」

教科書をめくってぼんやりしていると、ふいに近くから声がしたので振り返ると、篠宮先輩が椅子をすぐそばまで近づけてきていたのでぎょっとした。

「……なんか熱心にやってるね。明日は授業ないのに。最近、ゆっくり話そうとすると、避けられてるような気がするのは俺の気のせいかな」

「……そんなことないです」

大正解です——とはもちろんいえなくて、僕はかぶりを振った。

「そう？　じゃあ、いま話してもいいかな」

「なんでしょうか？」

僕が姿勢を正して振り返ると、篠宮先輩はおかしそうに笑った。

「このあいだ、シーツ交換の件——ちゃんと説明できてなかった気がするから。俺は遠山に距離があるから、頼まなかったわけじゃないよ。……気遣ったっていうのも少し違う」

「……はい」

篠宮先輩は椅子の背もたれに肘《ひじ》をついて少し考え込むようにしながら言葉をつないだ。

「ほんとはね、俺も先輩たちには結構苦労させられたから。竹内先輩もみんなには兄貴分でいい寮長だったけど、同室の俺には厳しかったりしたし。だから、二年になったら、同室になった一年をさんざんこきつかってやろうと考えなかったこともないんだよ」

「──」

やっぱり奴隷が欲しかったのか……。

身構えた僕の顔を見て、篠宮先輩は「黒王子っていいたそうだな」と噴きだした。

「だから、ほんとは……最初どんな子が同室になるんだろうって、手ぐすね引いて待ってたんだけど──遠山を見たら、そんな気が失せた」

「……どうしてですか?」

「──初日に『王子様みたいですね』っていわれたから」

意外な返答に、僕は眉根を寄せた。

「先輩は、あの言葉、気を悪くしたんじゃないんですか」

「そうじゃないよ。たしかに外見とかで、ろくに知らないのにいろいろ決めつけられるのは好きじゃないけど。あの言葉が、だんだん効いてきた。……それで、黒くなることができませんでした」

とぼけたようにしめくくられて、僕はとまどった。

少なくとも最初、篠宮先輩はあの反応からして、快くは思っていないはずだった。それが「だんだん効いてきた」とは、どういう意味なんだろう。

「そんなに考え込まない。ただ、シーツ交換させなかったのに他意はないって伝えたかっただけだから。そういえばほかのやつは一年にやらせてるんだなって、遠山にいわれて思い出したんだよ」

意識もしていなかったのか、と真相を知ってしまえば気が抜けた。

「なら、よかったです。先輩に、頼みごとしづらいヤツだと思われているのかと……」

「まさか。一年のリーダーやらせてるのに？」

「それはそうですけど。でも、僕に寝具にさわられるのが嫌だとか……」

気持ち悪いとか——といいかけて、自分が心のどこかで無意識に畏れているものに気づいて愕然《がくぜん》とした。

篠宮先輩に近づきたかっただけが理由じゃない。僕がさわることで「気持ち悪い」と思われているのではないかと——。

「……遠山？」

たぶん僕は青い顔をしていたのかもしれない。

「――顔色が悪いけど、大丈夫？」

篠宮先輩の手がすっと伸びてきて、僕のこめかみにふれた。ほっそりと長い指先が、前髪を梳《す》くようになでて額にあたる。

その動きは、僕の視界のなかでスローモーションみたいに映った。

具合が悪そうだから、心配してくれているのはわかっていた。だけど、こんなふうにいたわるようにさわられたら……。

その指が頬におりてきた瞬間、ゆるやかだった時間が通常速度で動きだした。首から上が燃えだすみたいに熱くなった。

「……あの――」

真っ赤になってうつむく僕を見て、篠宮先輩の手がようやく離れた。

変に誤解されてはいけないと僕が目線をあげたとき、少し茫然《ぼうぜん》としたような彼の顔が見えた。

自分がさわったことに――その行動に特別な意味が生じることに驚いたように。

「――ごめん」

申し訳なさそうに謝られて、僕が過剰反応したせいで困らせてしまっていると知った。

「そうじゃないんです。ただびっくりして……すいません、挙動不審で……」

「遠山が謝ることじゃないよ」

そういってくれる篠宮先輩の微笑みはどこかうつろで、その瞳にはなにかを考え込んでいるせいで表情を決めかねているような不思議な揺らぎがあった。

普段とはべつのものを見つめるような、全身にやわらかくからみつくような、いままで一度も見たことのない眼差し。

篠宮先輩は不自然なほど長く、僕をじっと見つめていた。

おかげで、僕の顔の熱はまったく引かなかった。平常心になろうとすればするほど赤くなるのが自分でもわかった。普段はそれほど赤面症というわけでもないのに。

どうしようかとぎゅっと膝の上で強く手を握りしめたところ、篠宮先輩はようやく視線を外してくれて、椅子から立ち上がる。そのときにはもういつもの見慣れた笑顔に戻っていた。

「明日は宿泊学習だから、少し早目に寝たほうがいいかもしれない。眠れなくなると大変だから」

その後、篠宮先輩は何事もなかったように机にしばらく向かって、お風呂に行ってしまった。帰ってくると、明日のスケジュールの確認をしたり、宿舎の部屋がどんなふうなのかを教えてくれたりした。不用意にふれられて、僕が真っ赤になってしまったことなど気にもとめていない様子だった。

「おやすみ」

消灯後、挨拶《あいさつ》してくれる声も普段のトーンと変わらなかった。

よかった、僕の滑稽《こっけい》な態度を深く考えずに流してくれている——と思った。

しかし、篠宮先輩は暗くなるとすぐ寝てしまうのがつねなのに、なぜかその夜に限っては違った。普段ならば無防備に横を向いたり、真上を向くはずの寝顔が見えない。頑なほど僕のベッドのほうに背中を向けている。息をひそめて起きているような気配すら伝わってきた。

それに気づいてしまうと、僕も眠るどころではなかった。

一時間以上経った頃、篠宮先輩はむくりと起き上がって部屋を出て行った。しばらくして戻ってくると、すぐには横にならずに部屋の真ん中に突っ立って僕のベッドのほうを見ている。僕は眠った振りをしていたけれども、薄目を開けていたので、彼の動きが確認できた。表情までは見えなかったが、見つめられているのはわかった。

自分のベッドに戻っても、篠宮先輩はしばらく腰かけたまま僕のほうを見ているようだった。先ほどこめかみから頬に感じた熱がリアルに甦《よみがえ》ってきて、火傷《やけど》でもしているのではないかと錯覚するほど痛んだ。

近隣の山にあるふれあいの家での宿泊学習の初日の土曜日、天気は快晴だった。

ふもとのバス停から山道をのぼっていくと、山中の施設に辿《たど》り着く。複数の宿泊棟、管理棟、集会棟などに分かれていて、僕たちのほかにも多くの利用客でにぎわっていた。

僕たちが泊まる主に合宿や研修用の宿泊棟は、外観はコンクリート打ちっぱなしのモダンな建物だったが、中に入ると内装は木のぬくもりを感じさせるデザインとなっていた。

団体客用なのでシンプルで飾り気がないが、客室には壁一面の大きな窓があって、ベッドが六台並べられていた。

僕が泊まる部屋は、昭島と七瀬たちと一緒だった。一年同士でベッドの位置をじゃんけんでとりあいをするのは新鮮だった。

僕は正直なところ昨夜ろくに眠っていなかったので、頭がぼんやりしたままだった。皆の笑い声につられて楽しい気分にはなるのだけれども、ふっと昨夜の篠宮先輩を思い出して、ひとりであれこれと考えて憂鬱《ゆううつ》になったり、目許が熱くなってしまうことがあって困った。

こめかみから頰を心配してなでてくれた指先。僕が真っ赤になったあとの、絡みつくような不思議な視線。背を向けて寝ていたかと思ったら、僕のベッドを見つめてきたり——とくに夜中の行動は不可解だった。ばらばらのピースがつながらない。

篠宮先輩は今朝の出発前の寮の部屋でも、施設に着いてからも、僕と顔を合わせても普段と変わらない態度だった。それがよけいに頭のなかのパズルを難解にする。

部屋に荷物を置いたあとはハイキングに出かけて、戻ってきてからは野外の自炊場でカレーを作った。家で食べたら妙に味が薄いと思う出来栄えなのに、労力を消費して作ったカレーは美味しかった。

その食事のあいだに、僕は執行部の企画のために、事前にクジ引きで書いてもらった用紙を皆から回収して、朝倉とふたりで準備をした。

夕食のあと、集会棟でその企画――自らのプレゼン大会となった。四月最初の自己紹介とは違って、大きなスケッチブックに自分を表す一言を書き、「僕はこんな人間なんです」と訴えるというものだった。くわえて、先ほど僕たちが回収した用紙には他のひとから見た印象が書かれていて、それを同時に発表する。自分と他者の認識の違いを知るという真面目な主旨があるはずだったが、みんな受け狙いで他人への印象はろくなことを書かないので、発表されるたびに会場は笑いの渦だった。

たとえば「俺は努力家」と自分で大きく書いて皆に訴えかけたあと、「じゃあ、ほかのひとは彼をどう見てるんでしょう?」と司会者がもうひとつのスケッチブックを見せると、そこには「こいつはチャランポラン」という一八〇度違った意見が書かれていたりする。

僕は悩んだ末に、いつも皆からいわれるので「真面目」と書いて相応しいエピソードを披露したのだが、他人からの印象は「俺の好みのタイプ」というふざけたものだった。でも僕だけが特別ひどいわけではなく、一年に限らず、先輩たちもかなり好き勝手なことを書かれていた。

見事に自分と他者の認識が一致したのは、篠宮先輩だけだった。彼が前に出たときから、周囲から「出オチ」の声が飛んでいた。

その予想どおり、篠宮先輩が自分で「王子」と書いたスケッチブックを見せると、司会者の広げた紙にも「王子」と書かれていた。

「しーちゃん、前は『王子』って呼ばれるといやがってたのに、自ら書くなんて大人になったんだねえ」と御園先輩からのからかいの声が飛ぶと、篠宮先輩は「おまえにいわれたくない」と返して、会場はさらに盛り上がった。

僕は朝倉と一緒に用紙を回収したあと、急いでそれをスケッチブックに書き写す作業に追われていたのでかなり忙しかった。よけいなことを考える暇はなかったが、篠宮先輩がスケッチブックをもって立っている姿を見たとき、再び夜中に起きて僕を見つめていた場面を頭のなかに甦らせてしまった。

あれはなんだったんだろう——と。

皆の前で楽しそうに笑っている篠宮先輩を見ていると、昨夜の出来事が乖離《かいり》しているような奇妙な感覚に陥った。

その夜、一年生ばかりで泊まった部屋は、執行部のミーティングでいわれていたとおり、見事に先輩たちへの愚痴大会になった。

皆の話を聞いて共感したり笑ったりしながら、僕は時おり松岡学園の中等部の頃を思い出さずにはいられなかった。

当時、僕は皆とうまくやらなければいけないと思って仲良くしていたつもりだけれども、こんなふうに愚痴をいいあう場面には居合わせなかったかもしれない。誰かに吐きだすよりも、なにか問題があったら、自分ひとりで対処しなければいけないと思っていたから。

もしかしたら、僕のそういう部分が自然と壁をつくっていたのかもしれなかった。だから、あのとき誤解されたままで——。

「遠山？　おまえ、眠いの？　寝たら？　なんかそんな顔してるぞ」

昔のことを思い出しているうちに寝不足もあって頭がぐるぐるしかけたとき——ふいに昭島に声をかけられて、僕は「ううん」とかぶりを振って笑った。

「寮だとこんなふうに皆と夜通ししゃべることないから。楽しい」

それは本心だった。いまみたいな時間がずっと続けばいいと思っていた。僕が望んでいるのはそれだけだった。仲のいい友達がいて、憧れる先輩がいて。

入寮のときに心のなかで唱えていた「うまくやろう」——そういう片意地な気持ちもすでにどこかに去っていた。

妙に気を張り詰めていた自分は、入寮二日目に発作を起こした時点で消えてしまったのだ。篠宮先輩に「頑張ろう」といわれたときから。そのせいで少しずつ自然と肩の力を抜いて振舞えるようになった。

みんながベッドに入ったのは午前三時近くだった。昨夜、ろくに眠っていないはずなのに、僕は妙に興奮して目が冴えて、寝つけなかった。

いろいろ考えているうちに、いつのまにか昨夜の記憶を再びくりかえし思い出していた。

篠宮先輩の指先がふれた、こめかみから頬にかけての熱――そのあとの不可思議な先輩の反応と行動。

今日が宿泊学習だったおかげで、昨夜混乱した頭はいったん小休止の時間をもらった。でも、寮に戻ったら、篠宮先輩とどんなふうに顔を合わせたらいいのだろう。やっぱり僕が赤くなって過剰反応したことを変に思ったのか。聞くのも怖い……。

結局、眠れないままベッドに横たわっているのに耐えられなくなって、僕は部屋の外に出た。トイレに行ったけれども、なかなか戻ろうという気がしない。

ふと昨夜の篠宮先輩も、なにか考えごとをしていて、いったん部屋を出て行ったのかもしれないと思い至った。

僕はこっそりと一階に下りて、照明はついているけれども誰もいないフロントを眺めた。宿泊棟のラウンジの灯りは消されていた。非常用の電灯と、フロントからの光のおかげで、それほど怖いとは感じなかった。

だが、暗いラウンジのソファに人影が動いたのが見えて、僕はその場に凍りついた。なにかがゆらりと立ち上がって、こちらに向かってくる。

「――駄目だよ、ちゃんと部屋で寝てないと」

僕のほうへ歩いてきたのは、篠宮先輩だった。その場に硬直している僕を見て、愉快そうに笑う。

「お化けを見たような顔してる」

「いきなり現れたから……」

「こっちだってびっくりしたよ。背後になにが立ってるのかと思って、怖くてなかなか振り返れなかった」

「それはこっちの台詞《せりふ》です」

あまりにも驚いたせいで、僕がいいかえすと、「夜中なのに元気だね」とからかわれた。

「眠れないの？　一応、寮長としては部屋に戻れっていわなきゃいけないんだけど」

先ほどまで顔を合わせるのが気まずいような気がしていたのに、実際にこうして向かいあうと、篠宮先輩の態度があまりにも普通なので、僕は変に意識せずにすんだ。

「篠宮先輩はいいんですか」

「俺は寮長なので巡回してたといういいわけがあるから」

「僕も……一応リーダーなので、手伝ってるということにしてもらえませんか」

「――いいよ」

篠宮先輩が歩きだしたので、ほんとうに館内を巡回するつもりなのかと思ってついていった。だが、建物内ではなく、まっすぐ外に出る扉へと向かっていく。

内鍵を開けて「おいで」といわれて、僕は一瞬ためらった。

「いいんですか」

篠宮先輩は振り返ると、「——内緒」と唇に指をあててみせた。

外は昼間のにぎやかさは消え、人工的な施設群の灯りは闇につつまれて静けさに弱々しく沈んでいた。

標高が高いせいか、空気がひんやりと冴えている。夜中の三時半過ぎ、あと一時間もすれば夜が明ける。

空は澄んでいて、天上に広がる闇には綺麗なビーズをちりばめたみたいに星が見える。新月で月の光が邪魔せず、山の上なのでよけいな街の灯りもないので、空が迫ってくるようだった。星が、近い。

「ここの集会棟の上——天体観測ドームがあるんだよ。去年は、夕食のあとに『星を見る会』があったんだけど」

篠宮先輩の目線の先を見ると、集会棟の屋上にそれらしい丸い物体が見えた。

「今年はやらないんですね」

「好きなやつは好きだけど。もうちょっと少人数だったらともかく、この大人数でぞろぞろと男ばっかりで星を見るのもどうかって。自己プレゼンのほうが、いままでよく知らなかったやつのこともわかるし」

「あれ、面白かったです」

「俺としては星も捨てがたいんだけど」

「いま、こうして見られるじゃないですか」

「――そうだね。遠山とふたりで見るくらいが静かでちょうどいい」

ふたりでいい――といわれたことに、僕は昨夜の出来事の気まずさもいっとき完全に忘れて、ひそかに心を躍らせた。

篠宮先輩が歩きだしたので、あとについていく。いまこの瞬間だけはたしかに僕と篠宮先輩とふたりきりだった。

宿泊棟の裏手に回ると、篠宮先輩が東の空を「ほら」というように眺めるので、なにが見えるのかと思って、僕は同じ方向を振り返った。

東の低空で輝いているのは明けの明星だった。太陽に先駆けて昇る、地球にもっとも近くて、明るい星の光――。

自己プレゼンも、昭島や七瀬たちと一緒の部屋で夜遅くまで話したことも印象深いのに、きっと僕のなかではこうして篠宮先輩とふたりで夜中に外に出たことが一番の記憶として残るのだろうと思った。

星を見たことにたいして意味なんてない。篠宮先輩と一緒に見たことに意味があるのだ。偏りすぎている情報の重み。それは心の傾きを示していて、僕は時おり平衡感覚を忘れそうになる。

「遠山は――俺と一緒の部屋で、いやな思いをしたことがある?」

ふいにたずねられて、僕は首を横に振る。

「……ないです」

「よかった」

急にどうしてこんなことを確認されているのか疑問で、とまどいを覚える。

「入寮の日、俺が『人見知り？』って聞きながら、ちょっとからだを近づけたら、遠山は顔色が悪くなってたことがあっただろ。もう平気？」

「あれは――緊張してたからだと思います」

あのときなにもいわれなかったから、いまになって指摘されるとは思わなかった。篠宮先輩はよくひとのことを見ている。

どうしてわざわざいま、いってくるのか、わけがわからない緊張にからだがこわばった。

「前にもいったけど、遠山は頑張ってるように俺には見える。一年のリーダーとしてもよくやってるって。遠山自身はどう？　入寮したときと比べて、寮でうまくやっていけそうかな」

パニック発作の件――。

そこでようやく、篠宮先輩は寮長として、同室者として僕を気にして見ていてくれているのだと思い至った。

昨日、少しさわられたくらいで真っ赤になって挙動不審になったから、発作の件と結びつけて心配しているのだ。夜中に僕を見ていたような気がしたのも、そのことを考えていたのか。

その証拠に、施設からの灯りでかろうじて見える篠宮先輩の表情は、以前僕を力づけてくれたときと同じように微笑んでいた。

「頑張ろう」といってくれた――先輩はあのときとまったく変わらない。

「ありがとうございます。僕は篠宮先輩が同室じゃなかったら、きっといまみたいに過ごせなかったと思います。だからすごく感謝してて……」

篠宮先輩は困ったような顔をした。

「遠山にそういわれると、俺は複雑なんだけど」

「……堅苦しいですか。面白いこと、いえないんです……」

「違うよ。そういう意味じゃない。ちょっと後ろめたいから。このあいだ、遠山がシーツ交換の件で、俺に距離をおかれたみたいでいやだったっていったけど、覚えてる?」

「……はい」

あのやりとりのとき、僕は正直に気持ちを伝えたつもりだった。普通の後輩として扱ってほしい、と。

でも、実際は先輩にもっと近づきたいという思いがあって……。

「俺も、遠山に『先輩、感謝してます』っていわれると、同じように感じる。そこから動いちゃいけないように思うから。先輩の立ち位置を変えられないって」

「…………」

意味がわからずに、僕は茫然と篠宮先輩を見つめた。

並んで立っている――先輩の手が、僕の手にふれて指先がからまる。

いったいなにが起こっているのか理解できなくて、「え――」と見上げた僕を、篠宮先輩は昨夜と同じような少し揺らぎのある瞳で見つめてきた。からんだ指がぎゅっと握りあわせられる。

「……篠宮先輩……?」

「いやだったら、手を離して」

篠宮先輩がなにを考えて、僕の手を握っているのかわからなかった。

振り払おうと思えば簡単なはずだった。でも、僕にはそんなことをする理由がない。

だって、僕がいまずっとこのままでいられればいいと願うような高校生活を過ごせているのは、篠宮先輩がいるからで……。

篠宮先輩は僕が手を振り払わないのを見て、ほっとしたように息をつき、はにかんだように笑った。

「よかった」と無邪気に喜んでいる顔を見て、僕は一気に目許が熱くなった。

「……なんでこんなことするんですか」

「遠山に、後輩以上の意味で――近づきたいから」

その一言で、封じようとしたものがあふれてくる。

頭のなかがぐるぐると回って、僕はその場に立っていられなくなりそうになった。

「遠山もひょっとしたら俺と同じ気持ちじゃないかって――俺の勘違いかな」

入寮の日、初めて出会ったとき、こんな絵に描いたような王子様がこの世にいるんだろうかと思った。説明会で寮生たちの前に立って挨拶した姿を見たときも、僕よりもたったひとつ年上なだけでなぜこれほど堂々としているんだろう、と。

少しでも近づきたくて――彼の前では「できない」といいたくなくて、一年のリーダーも頑張ろうと思った。

「――遠山はそういう意味でいいよられるのを怖がっているように見えたから。ちょっかいだしてくるやつに気をつけろって注意した手前、俺も意識しないようにしてたんだけど。でも昨夜、俺がちょっとさわっただけで真っ赤になる顔見たら……」

たまらなくなって――と言葉がかすれてボリュームを落として消えていく。そこから先はなにもいえないように唇の動きが止まる。

悪戯っぽく笑いかけてくる篠宮先輩の顔は、普段僕をからかうときと変わらないように見えた。ただ目の奥にいつになく張りつめたものがあった。

さらりといっているようでいて、先輩がものすごく緊張していることが、つなげられている指先の不自然な力の込めかたからわかった。

それが伝染してきて、僕もどうしようもなくなる。あくまで正直に、変に抑えることも、ひねくれることもなく、まっすぐに伝えられてくる熱量に眩暈《めまい》を覚える。

僕にとって、篠宮先輩はたったひとつ上なだけとは思えないくらい大人で――それは事実なのだけれども、同時に彼もひとつ上なだけで、僕とさほど変わらない年齢なのだというあたりまえのことを初めて意識した。

「――……はい」

なにをどう返事したらいいのかわからなかったが、とにかく頷いた。

「よかった」

篠宮先輩はもう一度そういっただけで、僕の手をつないだまま「戻ろうか」と歩きだした。

よく考えると、僕が「はい」と頷いたことがちゃんと返事になっているのか疑問だったが、お互いにそれで通じて、お互いにそれ以上なにもいえないみたいだった。

つながれた指の熱はたしかなのに、周囲の静けさもあいまって、僕はおよそ現実感がもてなかった。

自分がひとりで妄想の世界に入り込んでしまったような――。ひょっとしたら、僕はいま昭島たちのいる部屋のベッドで眠っていて、夢を見ているのではないかとすら思った。外に出てきたのも現実ではなくて、もちろん僕の手をつないでいる篠宮先輩も本物ではなくて――。

「どうしたの？」

宿泊棟の正面に回る手前でたずねられて、僕は思わず「本物ですか？」と質問してしまった。

頓狂な問いかけなのに、篠宮先輩はとっさに意味を正しく理解したようだった。

「……お化けだとでも思ってる?」

いえ——と僕があわててかぶりを振ると、篠宮先輩は笑いながら昨夜と同じく僕のこめかみに手を伸ばしてきた。

前髪をかきあげて、額をなでる。薄暗くて救われたと思った。でなければ、僕はまた真っ赤に火照った目許を見られてしまっただろうから。

僕が固まっているうちに、篠宮先輩の顔がゆっくりと近づいてきた。

額に軽く唇をつけられて、本気で火傷したのではないかというくらい首から上が熱くなって、僕は夢ではないとようやく悟った。

三章

鬱々《うつうつ》とした雨が窓の外には降っている。

六月も半ばを過ぎると、七月初めの期末テストのために寮内は「沈黙の時間」でなくても、寮生がいっせいに机に向かって勉強するため、静寂につつまれることが多くなった。

だからこの時期は、よけいに雨の音が大きく聞こえるのだ。

土曜日の午後、テスト前ということもあって、僕は家には帰らなかった。というよりも、六月に入ってから一度も帰っていない。

帰省したくないというよりは、寮に残っていたいという気持ちが強かったからだ。なぜなら――。

「ただいま」

買い物に行っていた篠宮《しのみや》先輩が部屋に戻ってきたので、机に向かっていた僕は「おかえりなさい」と振り返る。

雨が強かったのか、篠宮先輩のジャケットとズボンが少し濡《ぬ》れていた。彼が着替えはじめたので、僕はあわてて教科書とノートに視線を落として、そちらを見ないようにした。

僕が土日も寮に残りたい理由は、篠宮先輩がいるからだった。平日は学校から帰ってきても先輩と自室にいてゆっくりと話せるような時間は意外と少ない。

基本的に篠宮先輩は『沈黙の時間』は真面目に勉強しているし、それ以外の時間も机に向かっていることが多い。そうでなければ、自治会の執行部の仕事で部屋を留守にしていたり、もしくは御園《みその》先輩をはじめとした仲のいい二年の友達たちとのつきあいがあったり、十一時の消灯まで実にあわただしく過ごしている。平日のスケジュールだと、篠宮先輩に限らず寮生の一日はあっというまに終わる。

土日ならば昼間もあるから、一緒に過ごせる時間が増える。べつになにをするというわけでなくても同じ空間にいられるだけでよかった。

「――進んでる？」

篠宮先輩が僕の椅子《いす》の後ろに立って、机の上を覗《のぞ》き込んできたので、僕は「まああです」と答えた。

「まああってどのくらい？」

え、と――と僕がテスト範囲を説明しようとプリントをひらこうとしたところ、篠宮先輩が覆いかぶさるようにして、耳もとに軽く唇をつけてきた。あわてて飛び退《の》き、椅子を揺らした僕を見て、からかうように笑う。

「そんなにいやがらなくても」

「いやがってないですけど……びっくりしたので」

「じゃあ、これから予告するようにするよ。少し休憩できる？　ケーキ買ってきたんだけど」

「ありがとうございます。飲み物用意してきますね。珈琲《コーヒー》がいいですか、紅茶ですか」

「紅茶がいいかな」


篠宮先輩と自分の分のマグカップと、「そこにあるの使っていいから」ともらったティーバッグをふたつもって、僕は逃げるように部屋を出た。

廊下を歩きながら、先ほど唇をつけられた耳朶《みみたぶ》がじわじわと熱くなるのを感じた。

篠宮先輩は、「後輩以上の意味で近づきたい」といってくれた。でも、具体的にそれがどんなものなのか、僕はまだよくわかっていない。

少なくとも、あの宿泊学習の日以来、僕と篠宮先輩の関係はさほど大きく変わっていない。たまに先ほどみたいに接触されるけれども、僕がたいてい赤くなったり、固まったりしてしまうと、篠宮先輩はそれ以上なにもしてこない。正直、寮の部屋でほかになにかできるのかというと、たいしたことはできないとは思うのだけれども。

一緒にいたくて土日も帰省しないでいるのに、篠宮先輩にああやってふれてこられると、逃げだしたいような気持ちになってしまうので困る。

意識しないようにしようとしても、過去の記憶がストッパーのように働く。処理しきれない情報をかかえたみたいに、その先を考えると頭のなかが飽和状態になる。

食堂の給湯室で紅茶を淹《い》れてから戻ると、いつのまにか部屋に御園先輩がきていた。篠宮先輩と向かいあうようにして僕の椅子に座っている。

「お。遠山、また土日残ってるんだ。きみも、しーちゃんに倣《なら》って、寮の主って呼ばれるようになっちゃうよ。来年は『寮長になれ』って」

それはいやだ——と心のなかでかぶりを振りながら、僕は御園先輩が眼鏡《めがね》をかけていないことに気づいた。素顔だとよけいに女性的に見えて、一年生時は先輩たちのアイドルだったというのも納得だった。

御園先輩はこれから帰省するところだったらしく、篠宮先輩に借りていたノートを返すと、「じゃあね」とすぐに部屋を出て行った。

僕が紅茶の入ったマグカップを渡すと、篠宮先輩は「ありがとう」と受け取った。

「御園先輩、今日、眼鏡かけてないんですね。わざとダテ眼鏡にしてるってほんとうなんでしょうか」

「なんでわざと？　あいつ、目悪いよ。今日はコンタクト入れてるんじゃゃない？」

「綺麗な顔を隠すために眼鏡かけてるって噂が——」

篠宮先輩は知らなかったらしく、「そうなの？」と噴きだした。

「いろんな噂があるんだな。まあたしかにあいつは先輩たちにかまわれてたけど。御園は性格的にタフだから」

「篠宮先輩は、御園先輩と仲いいですよね」

「一年のときにリーダーやってて、先輩たちに一緒にいじめられたからね」

「そうですか」と僕は自分の机の椅子に座って、マグカップの紅茶をひとくち飲んだ。

先ほど部屋に入ってきたとき、御園先輩がこの椅子に座っているのを見てドキリとした。御園先輩は綺麗な女顔をしていて、僕などよりもずっと篠宮先輩のことをよく知っていて親しい。それがどうして——気持ちが沈み込むような感覚につながるのかわからなかった。

僕は篠宮先輩のことで知らないことがたくさんある。たとえば御園先輩は篠宮先輩が数か月に一度しか家に帰らないことも知っていたし、その理由もきっとわかっているのだろう。でも、僕は聞いたことがない。

「——ひょっとして、やきもち？　御園のこと訊《き》くの」

自分でもつかみきれていなかったもやもやをいいあてられて、僕は「え」と動揺した。

「……そうかもしれません。すいません」

篠宮先輩は驚いたように目を瞠《みは》ってから、おかしそうに口許をゆるめた。

「あやまることないのに。俺はうれしいけど」

「篠宮先輩にとって御園先輩はいい友達なのに、僕がそれをあれこれいうのはおかしいから」

反省したつもりなのに、篠宮先輩が笑っているのが気になった。

「――遠山はほんとにかわいいね」

「……からかわないでください」

「からかってない」

篠宮先輩はケーキの箱を開いて、「好きなのとって」とすすめてくれた。

色とりどりの綺麗な凝ったかたちのケーキのなかから、僕は苺のタルトを選んだ。ひとくち含むと、口のなかに甘酸っぱさが広がる。

「美味しいです」と感想を伝えると、篠宮先輩は「よかった」とまだなにかおかしなことがあるみたいに笑った。

僕は決しておしゃべりなほうではないから、先輩とふたりの空間はいつでも会話が弾むわけではない。仲のいい昭島《あきしま》や七瀬《ななせ》といても、どちらかというと僕はつねに聞き役だ。

だから、いままで篠宮先輩といても、さほど言葉が途切れるのを気にしたことはなかった。先輩も部屋にいるときは静かに過ごすほうだったから。

それが今日は――先ほど耳にキスされたとき飛び跳ねそうになってしまったことや、御園先輩に愚かなやきもちをやいてしまったこと――小さな出来事のつみかさねが、空気に居心地の悪い凸凹をつくる。

互いに自分の机の椅子に座っているから、向かいあうかたちとはいえ、僕と篠宮先輩のあいだには少し距離があった。いつもはそれが気にならないのに、やけに遠く感じる。

僕はもっと先輩を知りたいのに。……近づきたいのに。

「――いい忘れたけど。俺は御園の手を握りたいと思ったことはないよ」

ふいに篠宮先輩が悪戯《いたずら》っぽい目を向けてきたので、僕は思わず目を見開いて見つめ返した。

ふれあいの家で手をつながれたときのやりとりが甦《よみがえ》ってきて、視線をうつむかせて「うれしいです」と応えた。

「うれしいの？」

「――僕の手は握ってくれたから」

また笑われるのかと思ったら、篠宮先輩は僕をしばらく見つめたあと困ったように目を伏せた。

降りが激しくなっているのか、雨音がにぎやかになっていた。窓がちょうど真ん中にあるせいで、憂鬱な雨模様が僕と篠宮先輩のあいだを割いているように思えた。

篠宮先輩も同じことを考えてくれたのか、ケーキを食べ終わると、ふいに椅子を移動させて、「沈黙の時間」に内緒話するみたいに近くに寄ってきてくれた。

彼の手が伸びてきて、僕の手にかさねられる。指が握りあわされて、手のひらの熱と湿り気が混じりあう。

「――近づいてもいい？」

先輩の手は僕よりも体温が高い。少しふれられただけで、僕はいつも全身をその熱につつみこまれているような気分になる。

「もう近いです」

「さっき驚かれたから、予告してる」

頬にのぼってくる熱を意識しながら、僕は今度こそ飛び跳ねたりしないように心の準備をした。

ほっそりと長い指が、僕のこめかみから頬をやさしくなでてくれる。

いつものように額にキスされるのかと思っていたら違った。唇がそっと唇に合わさってきた。

「――」

唇が離れたあと、驚きのあまり飛び跳ねるどころではなくて、硬直している僕の顔を見て、篠宮先輩は笑みをこぼしてから再度ゆっくりと唇を寄せてきた。

ケーキを食べたあとだから、比喩《ひゆ》でもなんでもなくて、先輩の唇は甘かった。

先ほどまで耳障りだと思っていた雨音がやさしく聞こえてきて、僕のなかではもう雨の日は憂鬱な風景ではなくなった。


期末試験が終わると、もう夏休みを待つだけになる。

結果はともかく開放的な気分になる試験最終日——僕が昭島たちと食堂で夕食をとっていると、「ちょっといい?」と同じ一年の倉田《くらた》が声をかけてきた。

「当番の班のことなんだけど」

寮での一年生の仕事はいろいろある。たとえばリネン室でのシーツの配布、寮内の共同スペース、風呂の掃除も当番制だ。とはいえ、リネン室の当番は数か月に一度しか回ってこないし、風呂掃除も五人一組の班で一か月に二回まわってくる程度だったので、無理なくこなせる範囲だった。

倉田が僕に話してきたのは、寮になかなか馴染まない橘《たちばな》のことだった。彼は五月、六月と回ってきた風呂掃除の当番を一度もやらなかったのだという。

「俺、あいつと同じ班いやだよ。みんなそういってるから」

こういう問題は僕が窓口になって執行部の先輩たちにミーティングで報告することになっている。だが、倉田が僕にその話をしにきたのは、そういったパイプ役だからというだけではないらしかった。

「遠山、よくあいつと話してるだろ? 仲のいい遠山のいうことならきくかもしれないから、先輩にいう前にちょっといってくれない? 俺たちも『ちゃんとこいよ』って注意したけど、あいつ聞かないしさ。『おまえらに指図されるいわれないよ、リーダーでも寮長でもないだろ』っていわれてさ」

僕に注意しろといってくるのは、雑用係とはいえリーダーと名がついているのでわからなくもなかったが、びっくりしたのはべつの件だった。

一緒にテーブルにいた七瀬が、「ちょっと」と不服そうな顔をする。

「なんの話？　遠山はあいつと仲良くなんかないけど。橘にはこっちだって迷惑してるよ」

「でも、よく話してるの見るだろ。ほかのやつもいってたぜ」

「それはあいつが勝手に話しかけてきてんの」

橘は僕にたしかに話しかけてくるが、それほど頻繁でもなかった。親しいように見えるのなら、おそらく橘が僕以外とは誰とも話していないせいだろう。

「僕から注意して橘が聞くならそうするけど。でも、どっちにしろ先輩たちには報告しなきゃならないから」

「それはまかせるけどさ」

倉田は少し不満そうな顔を見せて去って行った。その後ろ姿を見送ってから、七瀬が「ほらあ」といいたげに僕を見る。

「――だから、橘にかまうなっていったのに。倉田たち、橘をこっちの班に押しつけたいんだよ。なんなんだよ、遠山と仲いいとかいいだして。そんなわけないのに」

橘の態度が改善されなかったら、七瀬のいうとおり僕のいる班に変更される可能性はあった。ほかの班は橘に文句をいえても、リーダーである僕は誰にも押し付けることもできないからだ。

僕は橘が排除されるような流れになるのは避けたいからそれでもいいのだが、「ほら」という七瀬の言葉は耳に痛かった。

橘が当番をやらない問題とはまったく別の次元で――知らないあいだに、僕と橘が親しいことにされている――勝手に話がつくられている事実に少しひやりとしたから。

昭島が「まあいいじゃん」とのんびりと口を挟んでくれたので救われた。

「遠山は一年のリーダーだから、やつを仲間外れにもできないだろ。結果的に俺たちのところにきてもいいよ。橘がサボっても、正直風呂掃除なんて四人いれば足りるし」

「わかってるけどさぁ……そこに付け込んできてる気がして嫌なんだよね。橘も、倉田たちも両方」

正直なところ、橘が僕と親しくなりたいと思って話しかけてきてくれているのなら、まだ対処のしようもあるのだが、そうでないのが困るところだった。橘はそもそも「松岡学園」というキーワードに反応しただけで、僕と友達になりたいわけではないのだろう。それは自分の興味のあることしか話さないくちぶりや態度からも明らかだった。

そして僕は橘の孤立が他人事じゃないと思って気になると同時に、あまり松岡学園のことにふれられたくない。だからよけいに厄介に感じた。でも放っておけない。いったいどうしたら……。

ようやく試験が終わったのに、新たな問題をかかえたような気がして少し悩ましかったけれども、僕は橘のことだけをあれこれ考えてもいられなかった。ほかにもまだ棚上げしている問題があったからだ。

部屋に戻ると、篠宮先輩はまだ帰ってきていなかった。食堂で御園先輩たちといるのを見かけたから、まだ二年生の友達たちと話しているのだろう。

棚上げしている問題——それは僕自身のことだった。

試験前の雨の土曜日、僕は篠宮先輩に初めてキスをされた。

それまで額に軽く唇をつけられたりするのは何度かあった。でも、唇へのキスは初めてだった。

あのとき、最初はされるままになっていたが、時間差攻撃でじわじわとからだの奥から変な熱がわいてきた。

唇が何度かくっついては離れたのをくりかえしたあと、篠宮先輩はシャツ越しに僕のからだをなでてきた。とまどいと恥ずかしい熱の奥に——ぞくりとくるような恐怖がわいてきた。

僕のからだがこわばっていることに気づいたのか、篠宮先輩の手はすぐに止まった。震えながら耳たぶまで真っ赤に染めている僕を見て、彼は困ったように笑った。

「遠山はかわいいね」

いつものからかいの言葉でしめくくられて、それ以上なにもされなかったけれども、腋《わき》の下に冷たい汗が流れた。

いったいどうしたらいいのか――。

篠宮先輩なら大丈夫だと思った。でもあのままなにかされていたら、心拍数があがって発作がでていたかもしれなかった。

あの醜態をまたさらすかもしれない。そちらの不安がまず先に立って、さらに胸が苦しくなる悪循環に陥りそうだった。

篠宮先輩は目ざとく僕の異変を見ていて、あの日を境にして、そういった意味での接触はまったくなくなった。先輩は僕の手にさわることもないし、額にも、もちろん唇にもキスしなくなった。

かといって怒っているとか、気まずくなっている空気もなく、ただ何事もなかったようにふれてこない。篠宮先輩も試験があるからということで、問題を先送りにしてくれたのかもしれなかった。

ただでさえ頭のなかの比重が篠宮先輩のことで偏りがちなのに、あれ以来、僕のその症状はさらに悪化の一途をたどるばかりだった。かろうじて試験勉強に集中するという逃げ道があったから、いままで考えないようにしてきたけれども、今日で期末試験は終了してしまったので、その手はもう使えない。

「後輩以上の意味で近づきたい」といってくれた具体的なその先を考えなければいけないと思うのだが、いつも同じ場所で思考がショートしそうになる。

僕は——先輩が思ってくれているような存在じゃないかもしれない。がっかりされるかもしれない。そんな不安が首をもたげてくる。

「——ただいま」

篠宮先輩が部屋に戻ってきたとき、結局どうにも落ち着かないので、僕は机に向かって勉強をしていた。

「おかえりなさい」

「試験終わったのに熱心だね。遠山《とおやま》、出来はどうだった？」

「はい……なんとか」

「否定しないってことは、よくできたんだな。遠山はいつも必要以上に謙遜《けんそん》するから」

「そんなことないです」

「またまた」と篠宮先輩はいつもどおりにからかう笑顔を見せた。

あたりまえだが、試験が終わったからといって、いきなり先日の出来事にふれてくるわけでもない。

僕はひとりで頭のなかがいっぱいいっぱいになっていたせいで、試験が終わったら、その問題を一気に片づけなければいけないような気がしていたが、普通はもちろんそんなことはないのだった。

変なことを考えているのは僕だけだ——と思ったら、なんだか急に恥ずかしくなった。

「なにか問題でもあった?」

篠宮先輩にそう問いかけられたとき、頭の中身を見透かされたような気がして、僕はいたたまれなかった。

「どうしてですか」

「難しい顔してるから」

難しいことはたくさんある。いま、僕が考えていたこともそうだし、倉田にいわれた橘のこともそうだし……。

水曜日のミーティングまでまだ日があるので、僕は橘のことを話してみた。まずは僕から橘に注意したほうがいいのだろうか、と。

「それは執行部に問題としてあげてくれたほうがいいかもしれない。その子って、宿泊学習にもこなかった子だろ。同室の二年にもすでに声かけてあるんだけど、あんまり効かなかったみたいだね。今度は指導役である二年のやつ含めて話すことになるだろうから、遠山は下手に口ださなくていいよ」

「そうですか……」

勝手に橘に話す前に相談をしてよかったと思った。たしかに若葉《わかば》寮は指導役の先輩が同室だというシステムになっているのだから、僕が注意するよりも先輩に指導してもらわなければいけない。

「前に同室の二年――皆川《みながわ》に話聞いたら、橘って子はこの寮自体が合わないらしいって話してた。自分なりに声をかけてるけど、手に負えないって。当番サボったくらいじゃまだだけど、成り行きによっては、寮担任の先生に相談して転寮することも含めて考えないといけないから」

「青嵐《せいらん》寮に移るってことですか」

「前例がないわけじゃないんだ。本来は、三年間ずっと同じ寮で過ごすのが原則で、合わなかったから気軽に違う寮に移る、とはいかないんだけど、問題がある場合には検討することになってる。今年、去年と俺が知ってる限りはいないけど」

「どういう場合に転寮になるんですか」

「そうだな。たとえば、寮内でいじめがあったときとか、あと盗癖があって同室の子に迷惑かけたとか――寮担任の先生から聞いたケースだとそれぐらいかな。『なんとなく合わない』だけじゃ認められないけど。どっちかというと、青嵐の四人部屋でひとりだけ仲間外れにされて、若葉にくるってパターンのほうが多いみたいだけどね」

「……そうですか」

チクチクと心が痛い。寮で問題を起こす話を聞くと、僕はやはり他人事には思えないようだった。

松岡学園でのいやな記憶が甦る。いまは理想通りの高校生活を送れているのだから、断ち切ろうと思ってもなかなか思い通りにはいかない。

「遠山は橘のことを前から気にしてるね」

「……その、僕も中学のとき、寮であんまりうまくいっていなかったので……」

僕の顔色の変化に、篠宮先輩が気づかないはずはなかった。パニック発作のときに、高校になったらうまくやろうと思っていた――と伝えてしまっているのだから。

おそらくなにか中学のときの寮でトラブルがあったと察しているのだろうが、いままでその件に踏み込んでたずねられたことはなかった。僕が自分から告げるのを待っていてくれるのかもしれない。

「じゃあ橘の件は水曜日のミーティングで。それまで倉田たちになにかいわれても、遠山はなにもしなくていいから」

「はい」

橘の話はそれでとりあえず終わったが、篠宮先輩はわずかになにかいいたげにしているように見えた。

「ちょっとおいで」と自分が座っているベッドに僕を呼びよせる。

僕はいささか緊張しながら「なんでしょう」と立ち上がっていって隣に腰かけた。

「――夏休みだけど、遠山はいつから家に帰るの？」

てっきり中学時代の寮のことをたずねられるのだろうかと思っていた僕は、予想が外れてほっとした。

「終業礼拝の日に帰ります。家族が七月のうちに旅行に行くと決めてしまったので、僕も一緒に……」

「家族旅行っていいね。遠山は最近ずっと帰ってなかったから、親孝行したほうがいい」

痛いところを突かれて、僕は「はい……」と力なく答えるしかなかった。

六月から帰っていなかったので、母にはさすがに不審に思われていた。いままでは期末試験の勉強があるからといいわけできたが、夏休みはそうもいかない。「心配してるのよ」と心細そうな声でいわれて、終業礼拝が終わったらすぐ帰ってくるようにと旅行の日程も決められてしまった。僕としてはしばらく残寮したかったのだが、義父に誤解されるといやなので素直に今回は従うことにした。

家に頻繁に帰らないわけは、べつに義父の家が居づらいわけではない。以前はそういう要素もあったが、いまでは僕が寮になるべく残りたい理由はまったく別なのだから。

「……篠宮先輩は、いつ帰るんですか?」

「ん?」と篠宮先輩はとぼけたように首をかしげた。

彼も僕以上に家には帰っていないから、本来は帰省についてはあれこれひとにいえないはずだ。

「俺もさすがに夏休みは帰るよ。そうだな、遠山を見送ったら、帰ろうかな」

質問するとあっさりと答えてくれるので、とくにタブーというわけではないのだが、僕は篠宮先輩の家のことについてあまり詳しく訊けなかった。

おそらく自分がいろいろなことを話していないせいだ。自らがさらけだしてもいないくせに、相手に要求はできない。

「夏休みに入ったら、しばらく遠山と会えなくなるね」

「そう……ですね」

わかっていたのに、はっきりと言葉にだされてしまうと、一気に気分が沈み込んだ。この寮にきてから、僕の毎日は篠宮先輩のくれるキャンディの甘さでつつまれているような日々だったから。少しでも離れてしまうと、それが終わるような気がして不安になってしまう。

五月の連休のときにも、寮の部屋が自分の居場所だと強く感じた。夏休みはあまりにも長すぎる。

「俺は家には長くいないから、遠山さえよかったら、会いにいくけど。たぶん一週間ぐらいで寮に戻ってきてると思うから」

意外な返答に、僕は顔をあげる。夏休みもほとんど残寮しているという話はほんとうだったのか。

「一週間しかいないんですか？　あとは寮に？」

「――ん。まあ、ちょっと事情がね。家に病人がいるから」

「ご家族が病気なんですか」

「母がね。俺が帰ると、騒がしくなるから」

すらすらと答えてくれるけれども、篠宮先輩の表情にはどこか翳《かげ》りが見えた。それ以上は入り込んではいけない気がした。

「……じゃあ、僕も早く寮に帰ってきます。会いにきてもらうっていっても七月中は家族旅行だし、八月に入ったら田舎の祖父のところに遊びにいく予定になってるから、家にはほとんどいないんです。だから、お盆が終わったらすぐに」

「田舎帰ったあと、家でゆっくりしなくてもいいの？」

「大丈夫です」

たぶんいまは心配している母も、僕が家に帰れば決して家に居づらいから帰らないわけではないとわかってくれるだろう。学校が楽しいから――以前とは違って、寮生活が充実しているからだということを理解してもらえばいい。それはなによりも母が喜ぶことのはずだった。中学のときに挫折《ざせつ》した僕を見ているのだから。

「じゃあ、ここで遠山を待ってるよ」

「はい」と返事をすると、篠宮先輩がおかしそうに笑ったので、僕は首をひねった。

「なんで笑うんですか」

「寮に早く帰ってくるっていうのを、そんなにうれしそうにいうからさ。普段は寮で結構楽しくやってるやつでも、みんな長い休みに入って家に帰ると、『もう「坂の上の囚人」には戻りたくない』って鬱になるっていうのに」

「僕はうれしいです。篠宮先輩に会えるから……」

篠宮先輩は目を瞠ったあと、少し気難しく考え込むように眉間《みけん》に皺《しわ》を寄せた。また僕が変なことをいったのだろうかときょとんとしていたら、さらに額を手でおさえてうつむく。

「――神様に試されてるような気がする」

「なにをですか？」

「理性と忍耐力」

「――」

言葉をなくす僕に、篠宮先輩は悪戯っぽい目つきを向けてきた。

「『先輩に会えるから』なんてかわいいことをいってくれるのに、俺がちょっとさわろうとすると、カチカチになるんだからな、この子は」

「――それは……」

もうてっきり棚上げされたままですむのかと思っていた問題に、いきなり直球でふれられて動揺した。

篠宮先輩の手が伸びてきて、僕の手にかさねられる。久しぶりに伝わってくる体温。

ずっとさわってもらっていなかったから、やさしいぬくもりにつつみこまれて安堵《あんど》した。

「——気を悪くされたのかと思っていました」

「なにが?」

「……あれ以来、あきれられたのかと。僕の反応が悪いので」

「まさか。試練だと思って耐えてたのに」

ゆっくりと抱き寄せられて、唇に軽くキスされる。

キスは恐怖につながるものではなかったが、篠宮先輩の腕のなかでさらにふれあおうとすると、呼吸が変に乱れないようにと意識しすぎてしまって、僕のからだはこわばった。いやなことを考えないように——といいきかせているのに。

篠宮先輩が僕のからだから手を離して、ふっと表情をゆるめた。

「いいよ。俺はべつに急がないから」

「——」

その一言で、僕の緊張はやわらぐ。それでも気遣われているのがわかって、申し訳なくなって目を伏せる。

「……先輩はどうしてそんなに理解があるんですか」

「最初はそばによっただけで、すごく警戒されてたの知ってるから。遠山は以前、容姿であれこれいわれるの、『困ります』っていっただろ? 同じかどうかはわからないけど——御園とか、あいつも結構さわがれてて、本人タフだったからいいけど、もう少しデリケートだったら、男

の先輩にかまわれすぎて、精神的にまいっただろうなと思うことあったから」

いままで疑問だったことがようやく腑《ふ》に落ちた。

篠宮先輩がなぜ僕が入寮してきたときから、「ちょっかいをだしてくるのがいるかもしれないから」と注意してくれたり、僕にふれてくるとき壊れ物を扱うみたいにやさしいのか。友達の御園先輩がかまわれているのを見てきた経験があるからなのか。

男子校でそういう興味をもたれるのがストレスになっていて、先輩にふれられるのにも警戒してしまうと――？

もし、それだけの理由だったら、どんなにいいだろう。

ここで僕が中学のときになにがあったのかを話すのが自然な流れだとはわかっていた。これほど自分を理解してくれようとしているひとに告げられないなんておかしい。

でも……。

「……僕は、先輩にがっかりされるのが怖いんです」

「がっかりって、なにを？」

たぶん空っぽの中身を見られること――先輩がもしかしたらそう感じてしまうかもしれないことを。

「……すいません」と謝ると、篠宮先輩は苦笑した。

「悪いことはしてないから、謝ることないよ。さっきいったばかりだろ。急がないって」

急がない――でも、待ってもらっても、きっとこれだけは伝えられない。
心に重い枷《かせ》をつけられているようだった。僕がどんなに浮きあがろうとしても、過去の記憶が足をひっぱって意地悪く暗い底に沈み込ませようとするのだ。

水曜日の執行部のミーティングのあと、篠宮先輩と御園先輩たちから、橘の指導役の皆川先輩も含めて橘の当番の仕事についての話し合いが行われた。

橘が当番をやらないようなら、今度は代わりに指導役の皆川先輩が責任をとって一年の仕事をやることになる――と目の前で説明されて、橘はさすがに「これからはきちんとやります。すいませんでした」と謝ったらしい。一年生が問題を起こすと同室の先輩も連帯責任のような形になるらしかった。

そのやりとりの噂が流れると、皆川先輩は周囲から「かわいそう」と同情を集めた。橘と同じ班はいやだと苦情を入れてきた倉田の指導役の先輩が、執行部のひとりからそのへんの事情を聞きだして、話を広めてしまったらしい。

いままで橘は寮で浮いているといっても、その事実を認識しているのは彼と関わった限られた人間だけだったのだが、今回の件で一躍寮内で有名になってしまった。

「ほんとに災難だよね。皆川先輩って大人しいひとだから、たしかに寮の行事とかにはあんまり出ないけど。橘は先輩を舐《な》めすぎ」

学校でも同じクラスの七瀬は、「自業自得」と橘に容赦がなかった。まさかこんなふうに噂になるとは思っていなかったので、僕はいささか後味が悪かった。いったんひとの口の端《は》にのぼってしまったら、もう誰にも止められない。

倉田たちだけではなく、橘は先輩たちにも「生意気な奴」と覚えられてしまった。学期末前でもうすぐに休みに入ってしまうので、噂が長続きしないのがせめてもの救いだった。

週末、夏休み前の最後の寮行事である花火大会が行われた。みんな帰省を前にお祭り気分だったので、用意していた花火はまたたくまに笑い声と開放的な熱気とともに消費されていった。学生寮の裏庭は火薬の匂いと、夏らしい鮮やかな光に彩られた。

「――遠山、もう余ってるのこれで最後だから」

篠宮先輩が僕に貴重な残りの変色花火をもってきてくれた。

「一緒にやろう」と隣に並ばれて、僕は「はい」と恐縮しながら花火を手にした。

こういう皆が集まる場所では、僕は仲のいい昭島や七瀬と行動するのがつねだったし、篠宮先輩もいつもなら御園先輩たちと一緒にいるので、わざわざ声をかけられるのは珍しかった。

皆が騒いでいるなかで、僕と先輩が向きあっていると、少し周囲から浮き上がるような気がした。篠宮先輩が近づいてきた途端、昭島たちは以前「黒王子発言」を聞かれたせいもあって、緊張した面持ちで遠巻きにしてしまうからだ。それになんといっても篠宮先輩は黙って立っているだけで目立つ。

「――綺麗だね」

二十色に変化するという手持ち花火は強くなったり、弱くなったりしながら、眩《まぶ》しくカラフルな明るい光を放つ。

「……はい」

ほんとうに二十色も見えるのかと最初は目を凝らしていたけれども、闇に火花を散らす炎を見つめている篠宮先輩の横顔のほうが綺麗だったので、僕はそのうちに数をかぞえるのを忘れた。

「おい、なにそこふたりで世界作ってるんだ」

早速、周囲から揶揄《やゆ》するような声が飛んできたが、びくっとする僕とは対照的に、篠宮先輩はすましたままだった。「遠山、気にしない」と静かにいわれて、僕は冷や冷やしながらも「はい」と頷《うなず》く。

花火が消えると、「捨ててくるから」と篠宮先輩は僕の手から花火の燃えカスの芯をとって、水の張ったバケツのなかへと放り投げる。

御園先輩たちに「しーちゃんてば大胆」とからかわれて、篠宮先輩は顔をしかめた。

「なんで後輩と並んで花火やっただけであれこれいわれるんだ」

んだもん」

「おまえとよりそって花火してても、誰もなにもいわないのにな」

「おかしいよね？　俺たちだってお似合いなのに」

先輩たちの軽口のおかげで、一気にそちらに注目が集まった。ほっとしていると、昭島と七瀬が僕のそばに戻ってくる。

「いいよなあ……遠山は王子と同じ部屋で。俺も一緒に花火やろうっていわれたい」

「昭島……前々から思ってたけど、おまえってちょっと王子が好きなの？」

七瀬のからかいに、昭島は「馬鹿いえっ」と顔をしかめた。

僕たちが笑っていると、こういった行事にはあまり出てこないはずの橘の姿が先輩たちの向こうに見えた。

七瀬も気づいたらしく「へえ、珍しい」と声をあげる。

「皆川先輩に引っ張りだされみたいだね。近くにいる。浮かないように誘ってあげるなんてやさしいなあ。皆川先輩もフツーこういうの出るひとじゃないのにね」

「噂があるから、気を遣ったんじゃないか」

おそらくそうに違いなかった。橘も自分の行動が連帯責任になることを知って、先輩の顔をたてるようにしたのだろう。

橘に限らず、寮行事に積極的でない者はそれなりにいる。寮行事だけパスするなら、個性のひとつとして許されるのだが、当番の仕事はそうもいかない。

皆川先輩のそばにつまらなそうに立っている橘が、ふっと僕のほうを見たような気がした。いつもなら、僕を見つけると寄ってくることが多かったが、その日はそばにはこなかった。


「――橘が出てきてたね」

その夜、部屋に戻ると篠宮先輩も気づいていたらしく口にだした。

「皆川先輩も一緒で安心しました」

「皆川は悪いやつではないんだよ。ただあんまり自分から後輩に声かけるタイプじゃないから。橘が悪者になってたから、今日は一緒に出てきてくれたんだろう。彼は周囲に騒がれるのを性格的にも嫌うし」

同室者が先輩という若葉寮では、「先輩にいじめられた」という愚痴は聞いても、「後輩がいうことをきかない」という話はまず聞かない。そういう意味でも橘は目立った。

今回の噂で橘がこれ以上孤立しなければいいと思っていたので、皆川先輩の配慮はありがたかった。

ただ少し――橘が僕を見ていたのが気になった。けれども、そのときはたいして引っかからなかった。なによりもその夜の僕の一番の記憶は、花火の光に照らされた篠宮先輩の横顔だったから。

「……先輩は周囲に騒がれても平気なんですか」

「なにが？」

篠宮先輩はきょとんとしてから、「ああ」と思い出したように笑った。

「今日、遠山と並んで花火やってたら、周りにあれこれいわれたこと？　あれぐらいで、からかうやつのほうが悪い」

きっぱりといいきられて、僕はいつもつまらないことばかり気にしている自分が恥ずかしくなった。

「先輩のそういうところ羨《うらや》ましいです。堂々としてて」

「――」

篠宮先輩は少し考え込むような顔を見せたあと、困ったように笑った。

「俺も堂々としてばかりじゃないんだけど。遠山にはいい顔を見せてるだけだよ」

「そうなんですか？」

篠宮先輩が「もちろん」と答える様子はやわらかなようでいて、少し神経質そうな色合いを含んでいた。その微妙な表情は以前、僕が「王子様みたい」といったときに「人間だよ」と答えられたときと重なる。また気を悪くするようなことをいってしまったのかと僕は焦った。

やがて消灯時間になり、篠宮先輩が「おやすみ」とベッドに横たわってしまったので、僕は弁解の機会をさがしながらも「おやすみなさい」と応えた。

どうしようか――と少し迷子のような気分になった。

「――遠山、こっちにおいで」

いきなり呼ばれて、僕は「え」と目を丸くする。

「明日、終業礼拝だから。しばらく会えなくなる。だから、もう少し話そう」

「…………」

話すのはかまわないけれども、暗くなってから「こっちにおいで」といわれても……。

「急がない」といったのに、そういうことなんだろうか。

ぐるぐると考えつつも、僕は篠宮先輩のベッドへと近づいた。心臓の音が聞こえてしまうのではないかというくらいに高鳴る。

豆電球の灯りの下――先輩は上体を起こして、からかうような顔をしてこちらを見ていた。

僕がベッドの端に腰をおろすと、後ろからふわりとつつみこむように抱きしめられた。一瞬びくりとしたが、「大丈夫」と耳もとに囁《ささや》かれる。

「――なにもしないよ。ただ少しだけこうさせて」

「…………はい」

僕はやっとのことで頷いたけれども、胸の鼓動はおさまらなかった。それでも僕にふれてくる先輩の腕がぴたりと動かないので、怖くなるような息苦しさはなかった。

ただ手を握られただけでも全身が熱くなるのに、こんなふうに抱きしめられていては頭のなかまでのぼせてしまいそうだった。

真っ赤になっているであろう耳朶に、篠宮先輩の唇がふれてくる。ハア……と少し乱れたような呼吸とともに軽く嚙《か》まれた。

全身の血液が沸騰しているような感覚に陥って、僕は眩暈《めまい》を覚えた。からだに力が入らなくなる。それを支えるようにぎゅっと力を込めて抱きしめられたと思ったら、ほどなく腕を離されて解放される。

「——俺のほうが限界かな」

悪戯っぽく笑ってみせてから、篠宮先輩はベッドに深く腰掛けなおし、壁によりかかった。少し途方に暮れたような顔で「隣にきて」といわれたので、僕も同じように並んだ。

まだ胸がさわがしい音をたてている。けれども、苦しいのではなくて、自分のからだがとけだしてしまいそうに甘い。

「——なにかされると思った?」

「……しました、少し」

篠宮先輩は「あれぐらいは許されるでしょう」ととぼけた顔でいってから、ふっと目を伏せた。

「俺はほんとは遠山が思ってるような、王子様じゃないんだけど。でも——遠山にとっては、そうありたいと思ってるよ」

「…………」

いったいなにをいわれるのかと、少し息を呑んだ。

自分が描いてきたイメージ。先輩を知りたいと思っても、それを壊されるのは少し怖かったから。

僕は以前——綺麗だと思っていたものをバラバラに打ち砕かれたことがあったから。

暗さに目が慣れてきたので、薄い灯りのなかでも篠宮先輩の表情がよく見えた。

不思議な眼差し。どんなに仲のいい友達と話して笑っていても、先輩はふとした瞬間に心はどこか遠くを見ているようで、達観した表情になる。

「遠山は俺に好意を寄せてくれて、一挙手一投足を目で追ってきてくれるようなところがあるわりには、あまり俺を詮索《せんさく》はしてこないね。深く知ると、幻滅しそうでいやだと思ってるのかな」

目でいつも追っていることを気づかれていると知って、瞬時に目許が熱くなった。同時に深く知ることを避けているという指摘にあわてる。

「……違います」

たしかに偶像視していたいと考えていた時期もあった。

でもいまは……知りたい。怖い。だけど、知りたい。

「よかった」

先輩はほっとしたように息をついた。初めて手を握ってきたとき、僕が拒まなかったのを知ったときのような、うれしそうな笑み。

「俺も遠山にもっと近づきたい。……だから、少し話を聞いてくれる？　ある兄弟のお話なんだけど。俺があまり家に帰らない理由」

先日、先輩は母親が病気で騒がしくするといけないから帰らないといっていた。でもその表情の翳りは、ほかにもなにか事情がありそうだった。

篠宮先輩は再びからだを寄せてくると、僕の手を握りしめた。ふれあいの家で手をつないだときと同じく、わずかに緊張したような熱が伝わってくる。

「――昔々、あるところに兄弟がいたんだ。兄のほうはみんなに王子様みたいだといわれる男の子だった。やさしくて頭がよくて――綺麗な兄を、家族はみんな愛した。とりわけ母は兄を溺愛《できあい》していた。王子様みたいな兄は生まれつきからだが弱くて、母はつきっきりだった」

いきなりほんとうに物語みたいに話しだしたので、方向性がわからなくて、僕は困惑した。

篠宮先輩は僕に向かって「まあ聞いてて」というように唇の端をあげてみせる。

「弟は兄にまったく似てないといわれてた。やんちゃで外で遊ぶのが好きな男の子だったから。

あまりにもタイプが違ったので、兄と比べられても、本人はあまり気にしてなかった。むしろ外で遊べない兄をかわいそうに思って、自分が友達とサッカーをして遊んだ話をたくさんしてあげた。まだ子どもだったし、馬鹿だったからなにも考えてなかったからね。でも、母に『あなたはお兄ちゃんができないことをできるって自慢してるつもりなの』と責められて、初めて気づいた。自分が元気いっぱいに日焼けした顔で笑ってるだけで、兄と母を傷つけていたのだと。それからはもうあまり家では笑わなくなった。弟は騒ぐことも控えて、母たちを思いやれる思慮深い人間になれるように努力した」

「…………」

それは篠宮先輩の話なんですか――と問い質《ただ》したいのに、僕は口を挟めなかった。

篠宮先輩は淡々と語り続ける。

「病弱な兄の心配をするあまり、その頃から少しずつ母の心の均衡が危うくなってきているのは誰の目にも明らかだった。兄の病状は悪くなっていくばかりで、とうとう十五歳のときに亡くなってしまった。ショックで母は混乱し、心を病んだ。そしてしばらくたつと、弟の顔を見て、兄の名前を呼んだんだ。『よかった、生きてたのね』――弟は母のために、兄に少しでも近づくように真似をしはじめた。兄と同じ髪型、兄のような物腰と話し方、兄と同じように本を読んで勉強して――時々、自分が何者なのかよくわからなくなった。やがて、弟は兄に瓜二つになった。だけど年月が経ち、そのうちに母の記憶のなかの兄よりも背が高くなって成長してしまい、母は再び混乱した。だから、母の精神の安定を乱さないために弟は家にはあまりいられないんだ。時々兄になりきって家に帰るようにはしてるけど。母のなかの兄のイメージをなるべく壊さないように」

家に頻繁には帰らない理由——。

物語のように話すのは、先輩がその事実をもうどうしようもない出来事として客観的にとらえているからだとわかった。

以前、スポーツは怪我と日焼けが気になるからやらないと笑って話していた。あれはまったくの冗談というわけでもなくて……。

「……弟は、それでサッカーをやめてしまったんですか」

茫然《ぼうぜん》と問いかける僕に、篠宮先輩は微笑《ほほえ》む。

「そうだな。兄のイメージじゃないからね。兄の名前は雅彦《まさひこ》っていうんだけど、いまでは母も俺の成長した姿に慣れてきて、兄が大きくなったんだと思ってるよ。だからそんなに大変じゃないんだけど。中学の頃、俺は小柄な兄よりも体格がよかったから、顔が似てるだけに、混乱してる母に『雅彦の偽物』って罵《ののし》られたりしてね。微妙に違うのが、気持ち悪かったんだろうな」

「…………」

不用意なことをいって、篠宮先輩を傷つけてしまうのが怖かったから、僕は迂闊《うかつ》に口をきけなかった。

「遠山は俺を『王子様みたいだ』っていってくれたけど——それは本来、兄のイメージなんだよ。俺は、見よう見まねの紛い物だから。だからひとに『王子』っていわれると、少し微妙な気持ちになったりした」

自嘲《じちょう》めいたくちぶりを聞いて、僕はとっさにかぶりを振った。

「……違います」

どう反応するのが一番いいのか、よくわからなかった。僕はしゃべるのがうまくないから、先輩のためになるようなことなんていってあげられない。だけど、はっきりとわかることがあった。

「紛い物なんかじゃありません。僕が寮に入ってしんどかったときに、『頑張ろう』っていってくれたのは、篠宮先輩です。僕はいまのいままで、お兄さんのことなんて知らなかった。僕は……一緒の部屋で過ごしながら、先輩のことをたくさん見てきました。いままで、僕が見ていたのは先輩だけで、他の誰でもなくて……だから僕は……」

先輩自身が好きなんです——と必死に声を絞りだした。

考えてみれば、篠宮先輩が「近づきたい」といってくれたときも、僕は「はい」と返事をしただけで、こうして気持ちを言葉にだしたのは初めてだった。

篠宮先輩はじっと僕を見つめたあと、小さく唇の端をあげた。

「——遠山がそんなにいっぱいしゃべって、なにかを必死に訴えるのって初めて見た」

「か、からかって……」

「からかってないよ。……うれしい」

篠宮先輩の手がぼくの頬に伸びてきて、そっと顔を引き寄せる。

「——ありがとう」

囁きとともに重ねられた唇の感触は、どこか厳粛な熱を帯びていた。

先輩がこんなふうに家の事情を話してくれるのは、きっと僕が頑なな態度でいるから、まず自らの胸の内を曝《さら》けだそうとしてくれたに違いなかった。

先輩は偽物なんかじゃない。僕にとってはやっぱり王子様で——それは単に憧憬《どうけい》の偶像なんかではなくて。

篠宮先輩は僕の手を握りなおすと、そのままベッドに横たわって、僕を引き寄せる。

「このまま眠って」

こんなシングルベッドでふたりで寝るとなったら、いやでも密着せざるをえないので、僕は「え——」と赤くなった。

「大丈夫だよ。いまとっても清らかな気分だから」

冗談ぽくいわれても、僕が躊躇《ためら》っていると、無理矢理引きたおされて、腕にすっぽりとつつみこまれる。

「早く寝て。起きてて、そんな可愛い反応見せられると、襲いたくなるから」

こんな体勢で眠れるはずがない――と思ったけれども、間近でいつもこっそり盗み見していた先輩の目を閉じた顔が見えたら、心臓の鼓動がゆっくりとなった。彼の顔が、とても安らかだったから。

「――眠って。いまは離したくないから」

はい……と応えて、僕も目を閉じた。

終業礼拝のあと、僕は家に帰った。寮の部屋を出るとき、篠宮先輩はいつもどおり「いってらっしゃい」と見送ってくれた。

一緒のベッドで眠ったけれども、篠宮先輩はほんとうに僕を朝まで抱きしめただけだった。それでも僕のからだのなかには抱擁の余韻が残っていて奇妙な感覚だった。

もしも違う意味で接触されようとしたら、もっと気持ちが昂《たかぶ》ってからだが熱くなったかもしれない。だけど、そんな熱は離れたときにはふっと消えてしまうような気がした。

なにもされなかった――それなのに、低温火傷《やけど》みたいにじわじわと残る。そして篠宮先輩に一晩中抱きしめられていたあいだ、僕はいやな不安をまったく覚えなかったことを朝になってから気づいた。そんな症状はどこかに消えてしまったというように。

家に戻ると、母親に「心配させて」と怒られた。だが、約二か月ぶりに会ったせいか、すぐに顔をほころばせて「大きくなったんじゃない」と笑われた。たしかにこの数か月で背は一気に伸びていて、僕は義父たちにも「大きくなった」と口をそろえられた。

家族旅行の行く先は、義父がよく仕事でいくシンガポールだった。現地の友人に本島の観光名所を案内してもらって二日ほど滞在したあと、残りの日程はセントーサ島に移動してビーチのそばのホテルで過ごした。巨大水槽トンネルのある大きな水族館に行ったとき、まるで自分が海の底にいるように錯覚した。篠宮先輩ともし一緒にきたら、この青い世界をどんなふうに眺めるだろうと想像した。

海を越えても、僕の頭のなかは寮にいるときと変わらず、絶えず脳内の記憶の篠宮先輩を隠し撮りするみたいに連写していた。

いつも家族と過ごしていると、自分がここにいていいのだろうかと考えてしまったりするのだけれども、今回はそうなる瞬間が不思議と訪れなかった。ホテルのプールで泳いでいても、ショッピングセンターでおみやげをみつくろっていても、ずっと今頃篠宮先輩はなにをしているんだろうかと頭の片隅で考えていた。遠く離れていても、先輩の熱につながれているような気がした。

旅行から帰ってくると、僕はひとりで父方の祖父の田舎の家に向かった。信州《しんしゅう》の田園風景のなかに、ぽつりぽつりと立ち並ぶ集落の旧《ふる》い家は、時間がゆるやかに流れているように感じられた。

夏休みに祖父のところに遊びにいくのは毎年の習慣だった。父が亡くなったとき、最初は祖父と暮らすという話もあった。再婚した母が引きとるつもりだと聞き、祖父は「お母さんのほうがいいだろう、こんな田舎じゃ遥《はるか》も淋しいだろうし」と身を引いたのだ。僕もそのときは母と暮らすのが自然だと思っていたが、あとで祖父と暮らしていたらどうなっていただろうかと考えたことはある。

祖父と暮らしていたら、僕はたぶん松岡《まつおか》学園で寮生活をすることもなかっただろう。そのほうがよかったかもしれない、と中学のときは何度も考えた。のどかな風景のなかで、おじいちゃんと仲良く暮らしたほうがよかった——と。だけど、もしそうなっていたら、僕は森園《もりぞの》に行くこともなくて、篠宮先輩と出会うこともなかった。そう考えると不思議だった。

「遥。大きくなったなあ」

久しぶりに会うと、祖父にも同じことをいわれた。ひとから見れば身体は大きくなっているのだろうけれども、中身はどうなんだろうかと思わずにいられなかった。

すぐ近所に父の弟の叔父夫婦が暮らしていて、なにかと面倒を見てくれるものの、祖父は独り暮らしだった。動けるうちは誰にも面倒をかけたくないといっているが、ほんとうは少し淋しいのか、たまにしか会わない僕が遊びに行くと、考えられるかぎりの歓待をしてくれる。

僕が子どもの頃に好きだったお菓子がたくさん買い込んである棚の引き出し。もう食べないよ、という台詞《せりふ》は決して口にだせない。

祖父と過ごすのはいままでなによりも楽しくてうれしい時間だったはずなのに、僕は田舎の家にきてからも篠宮先輩のことを思わずにはいられなかった。

ひとりになったとき、何度も先輩が話してくれた「兄弟の話」を思い出す。母親のために王子様になろうとした少年のことを——やさしくて、せつない彼のことを考えた。朝まで抱きしめてくれた彼の熱も。

(——いまは離したくないから)

篠宮先輩はふざけて「清らかな気分だから」といったが、その表現は的を射ていた。あのときでなければ、あんなふうにからだを密着させていたら、僕は息苦しい不安——もしくは変な疼《うず》きの熱を覚えていたかもしれなかった。

だけど、先輩に抱きしめられていた時間は混じり気がなくて、澄んでいた。なにもかもが一定方向に正しく進んでいて、歪んだり、曲がっているものがなかった。

祖父の家に滞在しているあいだ、僕は暇さえあればぼんやりと篠宮先輩のことを考えていた。こんなふうにひとりの人間のことばかり考えることがあるんだろうかと不思議だった。

「遥。今日はケーキ買いに行こう。おまえの誕生日だろう」

八月の初旬、朝食時に祖父にそういわれて、僕は自分が十五歳から十六歳になっていたことを知った。

ご機嫌で運転してくれる祖父の車の助手席に座って、買い物のために街へと向かう。まっすぐな道路の上に広がる青い空を見つめながら、僕はこのまま飛んで先輩に会いにいきたいと子どもみたいなことを夢想した。


お盆過ぎに、僕は予定通りに若葉寮へと戻った。母には寮の自治会の執行部でいろいろとやることがあるからと嘘をついてしまった。でも、積極的な嘘だから悪くない――と妙に開き直った気持ちになっていた。

特別な事情がない限り、この時期、まだ寮に戻っている生徒は少ない。夏休みも熱心に部活をやるようなスポーツ推薦の運動部の生徒などは、ほとんど青嵐寮に属しているせいもあった。食堂で運動部向けの献立が組まれていたり、運動部の若い顧問の先生が寮担任になっていたりして、そういう意味でもふたつの寮の住み分けはされているのだ。

残暑厳しく、炎天下で木陰もまったく役にたたない熱気につつまれた坂道を僕がのぼっていると、背後から追いかけてくるような足音が近づいてきて、「遠山?」と声をかけられた。

振り返ると、篠宮先輩が涼しげな笑顔で立っていた。

「――おかえり」

「……ただいま戻りました」

あれほど旅行にいっているあいだも、祖父の家に滞在しているときも、ずっと頭のなかで篠宮先輩のことを考えていて、会いたいと思っていたはずなのに、僕はいつもと同じ言葉しかでなかった。

「ちょうど買い物に出たところだった。そろそろ遠山が帰ってくるかと思ったから。寮に届け出してあるよね。若葉寮の食堂はやってないから、今日から食事は青嵐寮まで行かなきゃいけない」

「……はい」

伝えなきゃいけない。僕が離れているあいだも、ずっと先輩のことを考えていたって――。

先輩に顔を合わせるまでは、この二十日あまりの思いの丈をすべてぶつけるような――劇的な瞬間を夢想していたというのに、僕ときたらやはり気の利いたことはいえずに黙々と先輩の後ろについて学校までの坂道をのぼるしかなかった。

こっそりと木漏れ日を浴びる先輩の綺麗なうなじを眺めながら、初夏の頃とまったく進歩がないことにひとりで歯噛みする。

夏休みの若葉寮は、五月の連休とは比べものにならないほど閑散とした空気が漂っていた。残寮している者でも、お盆前後はさすがに帰省するものが多く、いまの時期はとくに人が少ないとのことだった。

寮母さんは休みで、寮担任も青嵐寮の一人の先生が、夜になったらこちらにくるという話だった。

「二十人前後は残寮届をだしてるはずなんだけど、今日はまだお盆休みで帰ったひとたちも戻ってないのが多いから、全館合わせても十人もいないね。俺たちの部屋の階はほかに誰もいないし」

篠宮先輩と部屋に向かうために廊下を歩いていても、異様な静けさに知らない場所にきたみたいに緊張する。こわばっている僕の顔を見て、「夜、トイレ行くとき怖いよ」と先輩はおどかすのを忘れなかった。

それでも二〇六号室のドアを開けて中に入ると、見慣れた風景が広がっていた。眩《まぶ》しいほどの陽射しに照らされた白い部屋。暑い炎天下のなかを歩いてきたせいもあって、僕はほどよく効いた冷房のひんやりとした空気にさらされ、からだじゅうの力が抜けそうになる。

荷物を置いてから、僕はとりあえずベッドに腰を下ろした。

「……どうしたの？　今日の遠山は、いつにも増して口数少ないな」

「そんなことないです……」

いいたいことはたくさんあるけれども、うまく声にならない。先輩のことは考えすぎていたせいで、すでに僕の頭のなかで一部となっていて、言葉に表すのがむずかしいみたいだった。

「暑かったから、疲れた？　アイス、とってきてあげるよ。いまはミーティング室の冷蔵庫を独り占め状態だから」

四つあるうちのミーティング室のひとつは、ほとんど寮自治会の事務所になっていて、そこには執行部の特権のように専用の冷蔵庫が置いてある。

篠宮先輩がいま買い物してきたばかりのお菓子を袋からだして、部屋を出て行こうとしたので、僕はとっさに「待ってください」と手を伸ばして先輩のシャツの袖をつかんで引き留めてしまった。

「——あの……」

「ほんとに、どうしたの？」

篠宮先輩は僕のベッドの隣に腰かけると、顔を覗き込んできた。大胆なことをしてしまった——と僕は目許が赤くなるのを感じる。

「遠山？」

僕はやっとのことで目線をあげて篠宮先輩の顔を見つめた。

「……会いたかったので」

篠宮先輩は目を瞠ったあと、やさしく「うん」と頷いてくれた。

「とても……とても先輩に会いたかったので」

「——俺もだよ」

ストレートに言葉が返ってきて、きっと僕の考えていることは先輩と同じだとわかって、もうなにも伝える必要がないように思えた。

抱き寄せられて、先輩の唇が、僕の唇から声にならない言葉をすべて吸いとる。

「……ん」

ぎゅっと抱きしめられて、ようやく自分のからだがあるべきところに戻ってきたような気がした。僕は自ら先輩のからだにしがみついた。

「――いやがらないんだね」

「いつもいやがってません……」

「そうなの？」と先輩は笑って、僕の唇をお菓子を食べるみたいについばんだ。

甘くて、蕩《とろ》けてしまいそうで、額を寄せ合っているうちに、思わず笑いがこぼれてしまいそうなキスだった。

そのうちに笑いが消えて、先輩の唇が深く重なってきた。ぬるりと舌が入ってくる。

唇を離すと、篠宮先輩は視線をうつむかせている僕の目許をそっと指でなでた。そうして両頬をつつみこむようにして、さらに唇を合わせて、舌をからませる。

はあ……と息が荒くなったけれども、胸が苦しくなることも、呼吸ができなくなるような恐怖もなかった。ただ先輩にふれられたところから熱くなっていって、自分のからだが別のなにかに変容するみたいに感じられた。

いままでは抱きしめられるだけでからだがこわばることもあったというのに——先輩も、僕のその変化がわかったのか、そっとシャツ越しに手を這《は》わせて、からだの線をなぞる。

「——抵抗しないんだったら、このままするよ。いやだったら、突き飛ばして」

僕が返事の代わりにじっとしていると、篠宮先輩は真意をたしかめるみたいに目を覗き込んできた。

「もっと近づいてもいいの?」

「……はい」

頷くと、篠宮先輩はほっとしたように笑って、僕のからだをベッドの上にゆっくりと押し倒した。

やさしくからだをなでてくれて、布ごしに胸の突起に先輩の手がふれた。額や頬にチュッとくちづけながら、執拗《しつよう》にそこを指でいじられて、恥ずかしくてたまらなかった。

首すじにきつく吸いつきながら、先輩の手がシャツを押し上げるようにして直接肌にふれてきた。指の腹でじかに乳首をそうっとこすられて、「あ——」と変な声がでた。

僕は一気に全身に熱が回るのを感じながら、いまの声が誰かに聞かれたのではないかとあたりを見回してしまった。

「大丈夫だよ。今日は——両隣の部屋どころか、誰もこの階に残っているやついないから。……反対にいうと、いまの時期しか、こんなことできる機会がない」

そういわれてしまうと、僕は篠宮先輩の腕のなかでおとなしくなるしかなかった。部屋が明るすぎたので、夜になるまで待ってもらえばよかったと考えたけれども、いまさらそんなことはとうていいえなかった。

僕を見つめる先輩の眼差しが――いつもとは違って、あきらかにあふれだす寸前の甘く静かな熱を孕《はら》んでいたから。

篠宮先輩の手が僕のシャツにかかった瞬間、少しだけひやりと背筋が冷たくなった。

「――気持ち悪くなりませんか」

いうつもりはなかったのに、そんな台詞がこぼれてしまった。いやな記憶のかけら。

「……男の裸見て……がっかりして……」

過去をすくいあげようとする、僕のうつろな目を見て、先輩は「どうして?」と首をかしげた。

「――俺はすごく興奮してる」

その一言で、僕は顔が焼けるように熱くなると同時に、頭のなかの濁った部分が吹っ飛んでしまった。

篠宮先輩は僕のシャツを脱がせたあと、ジーンズも下着ごと一気に引き抜いた。

下肢も全部丸見えになってしまって、さらに全身が火照る。興奮してるといっても、篠宮先輩は怖いくらいに静かな面持ちで、むきだしになった肌をなでながら、僕の首すじから胸へと唇を這わせた。

「あ……」

乳首をぺろりと舐められて、僕は再び声をあげてしまった。先輩はまるで甘い飴《あめ》でも舐めているみたいに、小さな突起に舌を這わせて、くりかえし吸った。いつも食べてるキャンディと勘違いしてるんじゃないかと思った。

「──すごく可愛い色してるね」

先輩が唇で、指でふれていくはしから、からだのなかに恥ずかしい熱がわいてきて、僕は身をくねらせずにはいられなかった。

下腹の熱の塊を先輩の手につかまれた途端、びくんと肩がはねあがってしまった。

「あ……あ──や」

刺激に慣れていないそこは、先輩の綺麗な長い指で嬲《なぶ》られて、あっさりと欲望を放った。ほんとうにあっというまの出来事で、僕は羞恥心と衝撃と──いままで味わったことのない快感で、頭のなかをごちゃごちゃにミキサーでかきまわされたみたいで、放心状態になった。はあはあ──と堪えようもなく息が荒くなって、胸が上下する。

真っ昼間の陽射しが入る明るい部屋のなかで、自分が体液を飛び散らかせたまま四肢をぐったりとのばして、あられもない姿をさらしていることさえ、もう気にすることもできなかった。

篠宮先輩の視線が僕の全身に貼りついてくるのがわかった。

先輩はちゅっと僕の唇を軽く吸いながら、自身のジーンズの前をゆるめた。僕の荒い呼吸が伝染してしまったみたいに、先輩の息遣いも乱れていた。

「――は……」

僕の首すじに唇を這わせながら、先輩は自身のそれを手で慰めていた。僕もなにかしなきゃいけないと思って手を伸ばしたら、先輩は少しはにかんだような笑みをこぼしてから、僕の手を握って大きなものにさわらせた。

他人の硬い熱にふれたのは初めてで、僕はそれだけで意識が飛びそうになった。先輩の手が全身をまさぐり、僕の腰の後ろにふれた。自分でもろくにさわったこともない場所なので、さすがにからだがこわばった。

「……そんな怯《おび》えなくても。いきなり怖がるようなことなんてしないから」

篠宮先輩はおかしそうに笑うと、甘い熱に潤んだ目を近づけてきて僕の唇を吸った。

腰をかかえあげられ、先輩の興奮したものが、腿《もも》のあいだにはさまれて、淫《みだ》らに動きだす。吐息を混ぜあわせるようにキスしたり、先輩の動きに揺さぶられながら、やがて僕の足のあいだは熱い体液で濡らされた。

「……遥」

初めて下の名前で呼ばれた。甘い声に耳をくすぐられて、僕はそれだけでからだの芯が痺《しび》れた。

達したあとも、先輩は僕の唇に何度もキスをした。終わりがないみたいに、汗ばんだ肌にふれてきて、からだじゅうに舌を這わせる。僕は全身が先輩の大好物の飴玉になったみたいに、とろとろと蕩けた。

四章

夏休みが終わってしばらくはぼんやりした日々が続いていたが、すぐに学校も寮も空気が切り替わった。

十月初めの中間試験、それから下旬の文化祭である森園祭《もりぞのさい》と大きな学校行事が控えていたからだ。

冬服への衣替えが過ぎると、季節は畳み掛けるように過ぎていく。生徒たちが忙しい時期なので、毎月の寮行事も十月は映画鑑賞会と比較的準備に時間のかからないものになっていた。

寮自治会の執行部をやっているような先輩は、生徒会やクラス、部活動でも中心人物を兼ねているので、この時期はたいていが森園祭の実行委員会とかけもちしていた。

篠宮《しのみや》先輩も一年生時から生徒会の執行部役員で、六月の生徒総会では会長になっていた。森園の生徒会役員は選挙ではなく、指名で選ばれ、生徒総会で信任される形式になっている。全寮制ということもあって、寮の人間関係が学校行事にも強く反映されるので、近年では若葉寮《わかば》と青嵐寮《せいらん》の寮長が交替で兼任して選ばれているらしかった。

若葉寮自体は、森園祭でバザーの開催を予定していた。先日、父兄懇親会があったので、不用品回収のお願いをし、かなりの品物が集まっていた。在校生のみならず卒業生も含めて、慈善活動に熱心なひとたちから会社や自営業の不要在庫が届いたりするので、若葉寮のバザーはかなり豊富な品揃いで有名だった。品数が足りない場合は、さらに「バザーにご協力のお願い」をしなければならないのだが、今年はその必要はなさそうだとの報告があった。

水曜日の執行部のミーティングのあと、僕と朝倉《あさくら》が先に部屋を出ようとしたら、篠宮先輩に「待って」と呼び止められた。

「遥《はるか》——これ、一枚目、拡大コピーしておいて」

書類のファイルを差しだされたので、僕はとっさに「はい」と受け取ったものの、周囲にいる二年生の先輩たちが「え」と固まった。

「遥だって……」

「いつのまにか名前呼び……」

「どうなってんの？　しーちゃん。なにがあった？」

御園《みその》先輩に問われても、篠宮先輩は動じずに「なんで名前で呼んだだけで、あれこれいわれるんだ。遠山《とおやま》を『遥ちゃん』って呼んでる上級生はたくさんいるじゃないか」とあきれたように答えた。

「だっておまえはそういうキャラじゃないじゃん！」とさらに先輩たちが騒ぎだしたのを見て、

朝倉がかかわりたくないとばかりに「おい行くぞ」と僕を廊下に連れだしてくれたので助かった。

「——おまえと王子って、ほんとに仲いいんだな」

白けたように半眼でいわれて、僕は「まあ……」と応えるしかなかった。

夏休み以降、篠宮先輩はふたりきりのときは僕をずっと「遥」と呼んでいた。それでも皆の前ではいままでどおり「遠山」で通していたはずだから、さっきのはついうっかりしていたのだろう。

朝倉はクールなので、あまりこういったことには立ち入ってこないはずだった。だが、このときは「ふうん」と興味なさげに鼻をならしたあと、奇妙なことをいった。

「——遠山。おまえさ、気をつけたほうがいいよ」

僕は「え」と目を瞠《みは》る。

「篠宮先輩もそうだけど、おまえも森園みたいな男子校じゃ目立つからさ。変な噂とか、つまらないこといわれたくないだろ」

どうして朝倉がこんなことを注意してくれたのかわからなかった。だけど、篠宮先輩とのことで変に噂になるのは、身に覚えがあるだけに避けなければならなかった。

「——気をつけるよ」

「おまえのこと、ちょっと嗅ぎまわってるやついるみたいだしさ」

どういう意味だろう。ひょっとして、篠宮先輩との特別な関係に誰か気づいているのだろうか。

ちょうどそのとき、廊下を歩いてきたB棟の寮生が朝倉に声をかけてきたので、僕は「じゃあ」とその場を離れた。人目があるところでは下手な質問もできない。

事務室に寄って先輩に頼まれた書類を拡大コピーしてから自室に戻った。制服を着替えながら、ふっと自分のからだを眺める。

夏休みの数日間——僕と篠宮先輩はからだを重ねた。

厳密にはからだをつなげてはいないけれども、それに近い行為をした。

寮にあまりひとがいないあいだ、先輩は毎日のように僕の全身にふれてきて、くちづけた。だけど、寮生がひとりふたりと戻ってきて、寮に活気が戻るたびに、当然のことながら先輩とそういう行為をするのは難しくなった。

廊下を歩きながらしゃべる声。他の部屋からの笑い声。すべて筒抜けになる環境だからだ。最初にいわれた「いまじゃないと機会がない」との言葉通り、夏休みが終わって、テストやら文化祭やらあわただしい季節を迎えたいまとなっては、あの夏の肌のふれあいは夢の出来事のように遠かった。

僕としても大勢がいる場所では周囲が気になって、もうあんな大胆な真似はできそうもないし、篠宮先輩は寮長だからこそもしも知られたら大問題になることを誰よりも自覚しているに違いなかった。

いまでも時々軽くキスしたり、抱きしめてはくれるけれども、あのときのように求められることはない。

反対にいえば、あの夏休みの数日間を除けば、いまはそれほど僕と篠宮先輩の関係にやましいものはないのだ。それがほっとしたような、がっかりしたような……。

「——ただいま」

ドアが開いて篠宮先輩が帰ってきたので、僕は動揺しながら「おかえりなさい」と応えた。

「……御園たちがうるさくて」

篠宮先輩はベッドに腰掛けながらためいきをつく。どうやら『遥呼び』のことで、あれこれといわれたらしかった。

「これからまた変にごまかして『遠山』って呼ぶのも不自然だから、みんなの前でも『遥』って呼ぶよ。いい？」

「あ……はい。僕はべつに」

ほんとうは篠宮先輩に「遥」と口にだされるたびに、僕は初めてそう呼ばれた瞬間を——先輩に抱かれたときのことを連鎖反応的に思い出してしまうので、少し気恥ずかしかった。

その反応を見越したのか、篠宮先輩がふいに立ち上がって近づいてきて僕を抱き寄せ、顔を覗《のぞ》き込む。

「みんなの前で、遥って呼ばれると恥ずかしい？」

「……先輩は僕をからかって遊んでるんですね」

篠宮先輩は「そんなことないよ」とすました顔で笑った。間近から綺麗な眼差しを向けられただけで、僕はそれ以上なにもいいかえせなくなる。

正直、夏休みのときのような肌がふれあう行為がなくても、こういったやりとりだけでも充分すぎるほど胸が高鳴った。

先輩の言動も、行動も、なにもかもが蕩《とろ》けてしまいそうに甘い。想いを伝えあって、からだを重ねてからというもの、さらに糖度を増した気がする。

先輩は自分を「ほんとは王子様じゃない」といったけれども、このひとがそうでなかったら、いったい誰が王子様なのだろうと思う。

それぐらい毎日が夢心地だった。いつこの夢が覚めてしまうんじゃないかと心配になるほど。

「……でも正直、みんなの前でも『遥』って呼べるのは助かった。さっきもついうっかり忘れてて。疲れてるのかな」

それに関しては「お疲れ様です」というしかなかった。

篠宮先輩は生徒会と寮自治会、そして普段は幽霊部員の英語研究会の英語劇にも主役で出るらしいので、森園祭に関しては多忙だった。そのせいで、部屋で一緒に過ごす時間も以前よりも少ない。

「遥のクラスの出し物は、順調に進んでる？　なにをやるんだっけ」

「女装カフェです。うちの組がハズレ引いたの知ってるじゃないですか」

一年生は必ずどこかのクラスが女装の飲食店をやらなければいけないという変な決まりがあって、今年は僕のいる一組がくじ引きでその不名誉を引き当てたのだ。

「そうだった、楽しみだな」

篠宮先輩が含み笑いを見せるので、僕は顔をしかめた。

「カメラは個人的に禁止です。先輩がきたら、逃げます」

「そんなつれないこといわない」

「だって恥ずかしいです」

「いまさら。もっと恥ずかしいところ、いっぱい見てるのに」

その一言で、具体的に夏休みの甘い記憶を甦《よみがえ》らせてしまって、僕は真っ赤になった。

頭の中身が透けて見えたのか、篠宮先輩が「あ――」と笑ってなにかいいたそうな顔をしたので、僕はあわてて先ほど拡大コピーしてきた書類を手につかんだ。逃げたい。

「先輩、これ、コピーどうするんですか」

「――ああ、A棟とB棟の掲示板に貼ってきてもらおうと思ったんだ。これからの寮行事の予定だから。明日でかまわないよ」

先輩のからかうような笑いから逃げるようにして、僕はコピーした書類を手に「いま、貼ってきます」と部屋を出た。

廊下を歩きながら、火照った頬をさまそうと叩《たた》く。

だって毎日が夢みたいで――僕は時々、地に足がついていない気分になる。

そして同時に心の奥でかすかな不安がよぎるのだ。なぜ先輩は夏休みみたいに僕にふれなくても平気なのだろうか、と。

他愛ない接触はあるだけに、気にならないといったら嘘になった。ひょっとしたら、僕とあいうことをして、先輩のほうは先に夢が覚めてしまったのではないだろうか。男子校ならではの閉鎖的な疑似恋愛だけで充分だと……。

だったら、あんな甘い態度のわけがない。でも、もしかしたら――という思いが交互にわきおこる。

ぼんやりとA棟の掲示板に予定表を貼っていると、廊下の向こうから橘《たちばな》がやってくるのが見えた。当番の仕事をやらないことで問題になって以降、彼は僕を見ても以前のようには話しかけてくることはなかった。最近は掃除にもでているようで、倉田《くらた》たちからも苦情はでていない。

同室の皆川《みながわ》先輩に迷惑をかけるとわかってから、反省しているのだと思っていたのだが……。

掲示板のそばまでよってくると、橘は僕を「おい」と睨《にら》んできた。

「――おまえ、なんで俺に最初にいわなかったんだよ」

意味不明なことをいう。話を呑み込めずにいると、橘は苛立《いらだ》ったように目つきを鋭くした。

「おかしいと思ってたんだよ。どうして掃除サボったぐらいで、いきなり寮長と副寮長から呼びだしくらって、同室の先輩まで一緒に締めあげられるのかって。倉田たちも俺とろくに口きかねえから、いままでわからなかったけど、今日やっと聞きだせたよ。おまえが王子に泣きついたせいなんだな」

「なんのこと?」

「とぼけるなよ。おまえが最初に倉田たちから当番サボったって話聞いたんだってな。なんでわざわざ先輩たちに告げ口するんだよ。いいたいことがあるなら、俺にいえばいいだろ」

問題を報告したことを「告げ口」だと責めているらしかった。

先ほど朝倉が「嗅ぎまわっているやつがいるから」といったのは橘のことなのか——と腑《ふ》に落ちる。倉田たちを問い詰めている場面でも目にしたのかもしれなかった。

「あれは泣きついたわけじゃない。同室の先輩が後輩を指導するってことになってるから、皆川先輩をさしおいて僕がきみになにかいえないし、一年から皆川先輩に注意してくれと頼むわけにもいかない。持ち込まれた問題はすべて執行部に報告することになっているから」

「そんな理屈知らねえよ。倉田たちは『ざまあみろ』って態度だし、知らない先輩にまで『態度悪《わ》りいな』っていわれるし。全部おまえのせいなんだろ」

篠宮先輩たちから当番の件で注意されたのは夏休み前だ。二か月以上もたっているのに、なぜいまになって突っかかってくるのか。

皆川先輩が橘を馴染ませるように努力していたし、ちょうど夏休みを挟んで噂も下火になるかと思っていたのに。

「もし、最初に僕ひとりだけで注意したら、きみは倉田たちに迷惑かけないようにした?」

「知るかよ、そんなん。おまえのいうことなんか聞くわけないだろ」

「………」

支離滅裂だった。いったい僕にどうしろというのか。

「おまえさ、俺が松岡《まつおか》学園の中等部落ちたっていったから、馬鹿にしてるんだろ。いい気になるなよ。森園にきても成績優秀者常連だし、そりゃ俺を見下すよな。倉田たちに、俺が話しかけてくるの迷惑だっていったんだってな」

どうやら以前、倉田と七瀬《ななせ》が話したことが伝わっていて、腹を立てているらしかった。

ここまで見当違いのことで突っかかってこられると、どう答えていいものか、途方にくれる。

「僕は松岡学園の出身だからって、いい気になってなんかいない。それに、きみは誤解してるけど、僕はそんなに……僕だって、寮とか学校でそんなに器用にやれるほうじゃない」

「なにいってんだよ。みんなと仲良くしてるじゃねえかよ。先輩にもかわいがられてよ」

「それは……僕は高校に入ったら、頑張ろうと思っていて――でも中学のときはそんなに順調じゃなかった。それに、きみに話しかけられて、迷惑だとは思ってない」

僕は橘に対して自分も似たような経験があるのだとわかってほしかった。理由や経緯は違うけれども、自分も寮で浮いていたことがあったから。

橘は先輩の顔をたてるように掃除にでているのに、相変わらず周囲の見る目が厳しいので鬱《うっ》憤《ぷん》がたまっているのかもしれなかった。それは時間をかけて努力してもらうしか改善策はない。

「これから当番の仕事をちゃんとやってれば、倉田も先輩たちもなにもいわなくなると思うから」

「うるせえな。おまえにわかったようなこといわれたくねえよ」

橘は苛立たしげに僕を睨みつけると去っていった。

僕はそのとき篠宮先輩と想いが通じたことで、世界のすべてが味方してくれるような気になっていて、すっかり忘れていたのだ。自分の弱いところをさらけだしたら、理解してもらえるより先に、その脆弱《ぜいじゃく》な部分を攻撃される可能性もあるのだと。

森園祭の一週間ほど前から、文化部に所属している生徒は学校に遅くまで残る者も出てきた。食堂のあいている時間は限られているので、食事をしてからまた学校に戻って作業できるというのは全寮制の強みだった。

僕は自然科学部に在籍していたので、コンピュータ室で実験や活動記録のパネル用の画像を作成した。同時にクラスの森園祭の実行委員でもあったので、女装カフェのための物品の手配、ほかには寮のバザーの準備もしなければならなかった。

バザーの売り物は父兄や卒業生たちから提供された不用品のほか、近隣に住んでいる寮生の父母会の協力で提供される手作りパンやクッキーなどの食品もある。外部との打ち合わせや段取りは先輩たちがやってくれるので心配なかったが、細かい値段付けなどは一年の仕事だった。そして当日のバザーの会計などをする当番も一年生が中心となる。品出しや会場の整理に三人、会計に二人常駐することになっているので、最低でも五人がワンセットだった。

当番は一年生だけで回すといっても、八十人近くいるのだからどうにでもなりそうだが、あいにく若葉寮は文化部に所属している者が多いので、時間の調整がなかなか難しかった。文化部の者はクラスの出し物よりも部を優先していいというのが原則で、寮の活動はさらに優先順位が低い。

「おい、どうする。このあいだの寮生総会でも呼びかけたし、掲示板に貼り紙もしたけど、当日の当番やってもいいってやつ、足りないんだけど」

夕食時、朝倉がうんざりした様子で僕たちのテーブルにやってきた。

「俺たちも手伝うよ。一時間ごとで交替なんだろ」

昭島《あきしま》と七瀬が申し出るのを、朝倉は「おまえたちは当然頭数にいれてる」と遮る。

「俺もB棟で仲のいいやつに頼んでるけどさ。それだけじゃ足りないんだよな。事前の値段付けの準備とかもあるし」

「個別に空いてそうな子にひとりひとり頼んでみる？」と僕が提案すると、朝倉がいやな顔をした。

「俺、そうやってお願いして回るってのが嫌いなんだよな」

そういえば宿泊学習のときも不参加の子に声をかけるのを初めいやがっていたことを思いだす。

「ひとに頭下げるのが苦手なんだろ」という七瀬の指摘に、朝倉は眉をひそめた。

「違うよ。……いや、たしかに好きじゃないけど、相手の都合もあるだろ。どうせ声かけたって、みんな『部活の展示で忙しい』『クラスの出し物が……』っていうに決まってるんだから」

「僕が声かけて回るよ。リストを作ったから」

「リスト？」と首をかしげる朝倉に、僕はちょうど渡そうと思っていた書類を差しだした。

「なに？　これ」

「若葉寮の一年生が森園祭でクラスと部活でどんな役割を受け持ってて、どの日時なら空いてそうかまとめてみたんだ。闇雲《やみくも》に声をかけてみるより、暇な時間に『そのときだけお願い』って頼んだほうがいいかと思って」

リストを覗き込んで、七瀬たちが「さすが仕事が細かい」と唸《うな》る。ほめてもらえた気がして

「そうかな……」と僕がはにかむと、朝倉はなぜか恐ろしいものを見るような目をした。

「……おまえ、よくこんな人の行動予定の裏をとるようなもの作って……空いてそうな時間帯なんて、本人に聞いたわけじゃないんだろ？　寮のバザーの用件だっていったら、正直にいうわけないよな。どうやって調べたんだ？」

「クラスのほうはそれぞれの委員に聞いて、部活のほうは先輩たちにたずねたんだ。そしたら、『あいつは一日目の午後暇だから』とか、『バザーを手伝えって俺からいってやる』とかいってくれる先輩もいて――結構細かく情報を教えてくれたから。でも先輩に『やれ』っていわれて協力するのはいやだろうから、僕たちからきちんと頼んだほうがいいと思うけど」

「え？　なんで先輩がそんなに協力的なんだ？」と眉間に皺を寄せる朝倉の横で、七瀬が「なるほどね」としみじみと頷く。

「ほら、先輩たちは『遥ちゃん』に頼まれたらなんでも教えるんだよ。遠山に甘い先輩多いから。男子校の不可思議な力が……」

朝倉はようやく「ああ」と納得したように僕をまじまじと見つめて、口をへの字に曲げた。

「それじゃ同学年のやつも、俺よりおまえに『お願い』されたほうが効果ありそうだよな」

「そうかな……じゃあ、順番に説得してみるよ。自分から『手伝う』って手はあげにくくても、頼んだらやってくれるひとは多いと思うから」

「まあ、それは認めるけど……」

僕がリストに目を落としていると、皆からの妙な視線を感じた。顔を上げると、朝倉たちがひきつったような笑いを浮かべながら目配せしあっていた。

「……遠山って真面目な天然だよな。男子校の不可思議な力って、こういうとき役立つんだな」

「な？　野望をもてば、男子校で最強なのに」

ほめられているのかけなされているのかわからずに、僕は表情をこわばらせるしかなかった。

「――遠山、そのリストで時間が空いてそうな順に声かけてくなら、橘が上位だけど、やつにも声かけるのか」

朝倉の質問に、僕は少し迷ったあとで「そのつもりだけど」と頷《うなず》いた。

「こんなことといっちゃマズイとは思うけど、やりたくないやつは無理に担ぎだそうとしても無駄だぜ。あいつにはあんまりさわらないほうがいいよ」

「……だけど、橘だけ声をかけないのはもっとマズイと思う」

その意見には皆も納得らしく「うーん」と唸った。

「たしかに声かけても『うるせえ』っていわれそうだけど、あいつだけ外しても『俺だけシカトかよ』って自分勝手な理屈で恨まれそうなんだよな」

先日、『おまえのせいだ』――と橘にいわれたことを僕は誰にも話してはいなかった。これ以上、橘を皆に悪く思われたくなかったからだ。

夏休み前、皆川先輩と花火のときに顔をだしていた姿を思い起こせば、橘だってこのままではよくないとわかっているはずなのだから、なんとか状況を変えたかった。

「俺はあいつパスだぜ。なんか苦手。いいあったら、ムカついて殴りそう」

表情をゆがめる朝倉を見て、七瀬が「男前ー」とからかう。

「いや、俺はあいつのひねくれ具合、理解できないこともないんだよ。だからこそ、よけいにちゃんとしないことに腹立つから、冷静に話ができそうもないんだよな」

「——わかった。僕から話すよ。頼んでみるけど、無理強いはしないようにするから」

朝倉と橘が殴りあうことは避けてほしかったので、僕は苦笑するしかなかった。

正直なところ、先日のやりとりを思い返すと、声をかけるのも躊躇《ためら》われるほどだったが、このまま放ってはおけない。

「おまえ大丈夫か？　あいつに妙に粘着されてんのに。松岡学園コンプレックスだかなんだか知らないけど」

朝倉がしかめっ面になる隣で、同じクラスでさんざん橘にはいやな思いをしているらしい七瀬も心配そうな顔になる。

「王子に相談して、また指導役の先輩通して話をしたら？」

「でも、バザーの当番決めは一年に任されてることだから。僕と朝倉が責任者だし」

先輩を通して話をしたら、先日の調子ではますます橘が意固地になってなにをいいだすのかわからなかった。

それに、橘の状況を変えるには、寮の行事に少しでも参加してもらうのが一番効果がある。参加が無理だとしても、こちらが他の寮生と彼の扱いを区別するわけにはいかない。

腫れ物のように扱って、誰も声をかけなくなったら……橘はほんとうに行き場所がなくなってしまう。かつての僕がそうだったように。

「——おまえ、偉いな」

朝倉はぽつりと呟《つぶや》いて、リストを手にとると、「じゃあ、俺も一応B棟のやつに声かけるわ」といって去っていった。

七瀬が少し不満そうな視線を向けてくる。

「……遠山はリーダーだから仕方ないのかもしれないけど、俺もあいつにはかまわないほうがいいと思うけどなあ」

「でも、誰かが声かけないと。それに……ひとりが平気なひとはあまり多くないはずだから。橘がほんとにひとりが好きだったら、もっと静かにしてて、あんなふうにひとに突っかかってこないんじゃないかと思うんだ」

「そりゃそうだけど……」

松岡学園コンプレックスでもなんでも、一時期、橘は僕には話しかけてきていたのだから、なんとかしなければいけないという責任を感じていた。

当番をサボって、指導役の先輩に迷惑をかけた件が寮内に知れ渡ったせいで、橘は孤立した。あれは執行部に報告しなければいけない事案だったから仕方ないが、同時に僕も個人的にフォローすればよかったのかもしれないと後悔しているのだ。夏休みを挟んでいたし、篠宮先輩とあれこれあって気持ちが浮わついていたせいで、そこまで気が回らなくなっていた。

僕は若葉寮にきてから、先輩や昭島たちに助けてもらって高校生活を楽しく過ごしている。橘には寮の空気が合わないのかもしれないが、いまみたいに「あいつは生意気」とレッテルを貼られている状態がいいわけはなかった。せめてそれだけでも改善できれば、寮行事が苦手でも、橘ももっと穏やかに日々を過ごせるようになるのではないか。いまの彼の苛立ちは、自分が理解されていないことへの反発のように思えたから。

食事が終わったあと、僕はバザーの件を話しに橘の部屋を訪ねた。いきなり現れた僕に驚いたのか、橘は先日のように食ってかかることはなかった。

「当番？　できねえよ。俺、森園祭にはひとを招待してるから案内があるんだ」

案の定、あっさりとことわられてしまった。それでも橘の返答に予想していたよりも棘《とげ》がなかったので、僕はさらに粘った。

「じゃあ事前の準備は？　物品の確認と、値段の貼りつけをしなきゃいけないんだけど。みんなクラスとか部活の出し物で忙しいから、夜の作業になるけど……協力してくれると助かる。とにかく品物が大量にあるから」

「…………」

橘はなにを考えているのか、僕の顔をじっと見つめたあと「出てもいいけどよ」と答えた。

「ありがとう。じゃあまたあとでスケジュール知らせるから」と立ち去ろうとする僕を「ちょっと待てよ」と呼び止める。

「――なあ、おまえさ。この前、自分も中学のときはそんなに順調じゃなかったっていっただろ? あれって、寮でうまくいってなかったってことなのか?」

それまですっかり忘れていたことを、ふいに頭の後ろをガツンと殴られて思い出させられたような気がした。

一瞬、話すべきなのか迷った。だけど、僕は橘にわかってほしかった。状況を変えるのはひとりではとても難しい。だから少しでも手助けしたいのだと。

「……うん、そうだよ。理由もなく僕にいろいろと絡んでくる先輩がいて、うまくいってなかった」

そう話すだけで、心臓の鼓動が不規則に乱れて落ち着かなくなった。いま告げたことがすべてではないが、森園にきてから松岡学園の寮でのトラブルは初めて具体的に口にだした。

それ以上たずねられたらどうしようかと思っていたが、橘は追及してくることはなく、

「――ふうん」とやけに静かに呟いただけだった。

森園祭までは二つのミーティング室が物品を保管する倉庫と化していた。品数は多いが、当日混乱しないためにもすべてに値札は付けなければならなかった。

バザーの人員確保の件は、やはり自ら手を上げることはないが、こちらから直接頼むと引き受けてくれるひとは多くて、準備も当日の当番もどうにかなりそうだった。

橘は事前の準備として、値札付けの日にミーティング室に顔をだしてくれた。一年生たちは皆驚いたような顔で彼の行動を見ていた。

本来、一年生だけでやる仕事なのだが、作業をすすめていると、いつのまにか竹内《たけうち》先輩などの三年や二年の先輩たちも次々と「頑張ってるかー？」と顔を見せて手伝ってくれる状況になっていた。

予期せぬ援軍だったが、先輩たちが「お、橘、真面目にやってんじゃん」と声をかけてくれるのを見て、僕は思わぬ収穫に感謝した。

商品の品目と数を記録して、値段を付けていくという地味で単調な作業だったが、人手が多かったおかげで、二日に分けてやるつもりが初日にほぼ完了した。

「遥ちゃん、お疲れー」

「——あ、お疲れさまです。ありがとうございました」

ぞろぞろと帰っていく先輩たちの背中を見て、朝倉が「なんだ」とためいきをつく。

「先輩たち、なんだかんだいって、一年の仕事を気にして様子見にきてくれるんだな」

「……ていうか、遠山があちこちで『バザー手伝ってくれませんか』って頼んで歩き回ってたのを聞きつけたからじゃないの？」

七瀬の指摘に、朝倉が苦虫を嚙《か》み潰《つぶ》したような顔で「――だよな。男子校、やっぱ理解できねえ」と呟く。

「遠山、もっと野望をもてよ。先輩たちを顎《あご》で使ってなんでもできそうじゃないか」

肩をつかんで謎の説得をしてくる昭島に僕が困惑していると、隣で七瀬と朝倉がおかしそうに笑った。

ふっと視線を感じて振り返ったところ、橘がこちらをじっと見ていた。僕と目が合うと顔をそむけて部屋を出て行こうとするので、あわてて追いかける。

「橘――今日はお疲れ。手伝ってくれてありがとう」

橘は廊下で立ち止まってちらりと僕を見ると、「俺なんかいなくても人数足りてるじゃねえか」と呟く。

「え？」

「なんでもねえよ」

吐き捨てるような台詞《せりふ》が気になったけれども、皆と一緒に作業に出てくれたことだけでも進歩だった。それに手伝ってくれた先輩たちが、橘が作業に参加している姿を目にしたから成果は上々のはずだった。

自室に戻ると、篠宮先輩は英語劇の練習をしているらしくまだ帰ってきていなかった。森園祭前だけは顧問の先生が立ち会っていれば、最長十時ぐらいまでは学校に残っていられるのだ。なぜ幽霊部員のくせに主役なのかと不思議だったが、部長に「普段サボっているのだから、人寄せパンダになれ」と頼まれたらしかった。

そのせいでこのところ先輩はいつも点呼の少し前に戻ってきて、あわただしく風呂をすませて眠るという生活が続いているので、僕とはゆっくり話せる時間もなかった。

誰もいない部屋で、僕はひとりで思わずそっと篠宮先輩のベッドに手をかけた。床に座り込んで、ベッドの上に顔を乗せると、先輩の匂いがした。

夏休みのような肌の接触どころか、最近は手を握ったり、額にキスしてもらえることもない。忙しすぎて、それどころではないのはわかっている。僕もバザーやクラスの出し物、部活の展示の準備に追われていて、余裕はないのだけれども……。

篠宮先輩のベッドに顔をうずめてしまってから、僕はあわててはっと我に返って立ち上がった。いったいひとりでなにをしているのか。首から上に恥ずかしい熱が走る。

ドアが開いて、「ただいま」と篠宮先輩が入ってきた。あと三十秒気づくのが遅かったら、みっともなくベッドにしがみついているのを目撃されるところだった。「おかえりなさい」と僕は腋の下に妙な汗をかきながら応える。

「――橘がバザーの作業に参加してたんだって？　遥が声をかけたの？」

「なんで知ってるんですか」

いま帰ってきたばかりのはずなのに――と僕が感心していると、篠宮先輩は「寮長だから」とこともなげに笑った。

千里眼みたいな情報通ぶりに、もしかしたらさっき僕が妙なことをしていたのも知られているのではないかと、ありえないことまで心配してしまった。

今日もやはりゆっくり話せそうもなかったが、消灯後、僕がベッドに入ろうとすると、「遥――」と篠宮先輩は声をかけてきてくれた。

「物品の確認と値段付けの作業は無事に終わった？」

先輩が隣に腰かけてきたので、シャンプーの匂いがふわりと鼻をついて、頬に熱を感じた。先ほど先輩のベッドに顔をうずめたときと同じ匂いだったから。

「二日間でやるつもりだったんですけど、今日でほとんど終わったので、明日は僕と朝倉が最終的に確認するだけです」

「すごいね。橘のことも、手伝ったやつが『真面目にやってたよ』っていってたし」

ほめられても、話の内容よりも先輩の匂いのほうが気になってしまって、僕は落ち着かなかった。不自然な心臓の高鳴りに気づいたみたいに、先輩の眼差しが微妙に揺らいだ。

られる。

「接近したいから、予告」

「え……なにがですか」

「――遥。少しだけいい？」

　おかしそうに笑われて、僕が「え……」と息を呑んだところで腕を引き寄せられて抱きしめられる。

「……怖がらないでも平気だから。疲れてて、変な気ないよ。抱きしめるだけ」

　変な気を起こしてくれてもいいのに――と考えてしまうほど、久しぶりの接触にからだのなかに甘い熱がわきあがった。

「どうしたんですか……急に」

「疲れがとれそうだから。最近、遥とゆっくりすごせる時間もないし」

　悪戯《いたずら》っぽい声で囁かれて、やっぱり先輩は先ほど僕がベッドに抱きついていたのを見たのではないかと思った。テレパシーでもあるみたいに、欲しかったぬくもりが与えられるから。

「遥が頑張ってるんだから、俺も頑張らなきゃいけないな」

　それは僕の台詞です――といいたかった。先輩がいてくれるから、僕も頑張ろうと思える。

　こんなにもひとりの人物に自分の行動や思考が左右されていることが悩ましくて、その相手が先輩であることが誇らしい。どうしようもない感情の起伏が、さらに想いをふくらませて、僕は時折かかえきれない爆弾をもっているような気分にさせられる。

先輩の瞳に甘い熱がにじんだ——と思った瞬間、軽く唇をかさねられた。

ひどく慎重にふれてくる様子は、先輩も僕と同じくいまにも破裂しそうな、やっかいな爆弾をかかえているみたいだった。

夏休みのような行為がなくても、唇へのキスひとつだけで、僕は自分の胸が昂奮《こうふん》で破れるんじゃないかと本気で心配した。


森園祭の前日は準備日として授業がない。夕方からの前夜祭ぎりぎりまで、僕はクラスの出し物である女装カフェの内装、部活動の展示品の作成、そしてバザーの準備に追われた。

前夜祭では講堂も兼ねているチャペルで開会式が行われた。開会宣言ののち、吹奏楽部の華やかな演奏が行われ、壇上では各部、各クラスの出し物の宣伝映像がスクリーンに映しだされて紹介される。

二日間とも一般公開されるので、初日は昼前後から結構な人出となった。生徒たちの父兄、他校の高校生はもちろん、卒業生、近隣の人たち、親子連れの姿も目立った。

休日なのだが、女子高生は制服で来場している者が多い。普段女子に縁がないため、森園の生徒たちは「おおっ」と制服を見ては学校名をいいあて、「声をかけよう、いややめよう」とここそこ話しあう姿があちらこちらで展開された。なにしろ「坂の上の囚人」なので、知り合いの女子が訪ねてきたりすると、それだけで英雄になれそうな雰囲気だった。

「昭島ー、遊びにきたよー」

僕のクラスで、皆に一番羨望《せんぼう》の眼差しを向けられたのは昭島だった。中学の同級生だという女子が何組か女装カフェに彼を訪ねてきたからだ。

「やだー、昭島かわいい。メイドさん似あう」

「そうか？　結構いいもんだよな」

くじ引きで女装カフェ担当になったときは、クラス中がいやな顔をしたものだが、いざとなると皆ノリノリで女装していた。昭島も大柄な肉体をメイド服につつんでニコニコしながら、女子高生の写メのリクエストに応えている。

昭島は男っぽい顔立ちをしているし、性格も細かいことを気にしなくて明るいから、共学に行っていたら女の子に人気があるのだろうと思った。

一組の女装カフェは盛況だった。食事系は昼時に客が集中してくれるが、カフェの軽食だと時間帯で客が途切れることがない。メインメニューのパンケーキそのものは出来あいで、レンジであたためるだけで調理はフルーツやらクリームやらを盛るだけなので簡単なのだが、午後の二時近くには予定の枚数を軽く超えて明日の分に手をつけることになってしまった。

二時過ぎに御園先輩が「遠山いる？」と女装カフェにやってきて、調理スペースの僕を見つけて絶望した声をあげた。

「なんで女装してないの？　しーちゃん、これからくるっていってたのに、がっかりするよ」

「僕は調理班なんです。くじ引いた手前、やる気はあったんですが、意外にみんなメイドをやりたがって、裏方のほうが人数足りないので……」

「だからって、遠山みたいな女装向きの人材を裏方に引っ込めるなんて。俺なんか去年、二日間とも看板娘になったのに」

「はあ……」

うなだれる僕を見て、一緒に調理班を担当していたクラスメイトが庇《かば》ってくれた。

「遠山を表に出すと、先輩みたいな人がたくさん押しかけてきて、収拾つかないじゃないですか。それにこいつ、部でも寮でも仕事引き受けてるから、一番忙しいんですよ」

御園先輩は「そうなの？」と嘆息しながら僕を見やる。

「きみはあっちこっちでも仕事やってるわけ？　今日はこれから？」

「今日はあともう少ししたら、調理は交替してもらって、部の展示に行きます。時間があったらバザーも手伝うことになってるし……明日は午前はバザーの受付と、午後は実行委員会の案内所に詰める当番もあるし、あとはやっぱりクラスの調理を……パンケーキ足りないから、明日の早いうちか、今日の残り時間にでも業務用スーパーにいかないと」

「自由時間ないだろ、それじゃ」

「明日の午後からは英語劇見に行くから、そのときだけは自由時間にしてもらっているので」

「英語劇、見にくるの？　俺もでるよ。でも遠山の目当てはしーちゃんか」

御園先輩がさらりというので、僕は少しドキリとした。

「うーん、そっか……。みんな忙しすぎるんだよな。遠山のメイドさん楽しみにしてたのに」

脇からメイド姿の昭島が「先輩、俺で我慢してください」と声をかけると、御園先輩は「まあ、きみも可愛いからいいか」と大人しく空いている席に誘導されていってくれた。

「遠山、すげえ先輩たちに女装期待されてたんだな。これで何人目だ？」

クラスメイトから同情の目を向けられる。午前中にも三年の竹内先輩や執行部や部活の先輩たちがきてくれて、「なんで女装してないんだ！」「俺は可愛いメイドさんを見にきたのに」といまとまったく同じような台詞をいわれたのだった。

僕としてはメイド希望が多くて裏方に回れたことに安堵《あんど》していたのだが、なんだか皆にがっかりされると期待に添えなくて申し訳ないような気さえしてくる。

「あれー、遠山、メイドじゃないの？」

しばらくすると、自由時間になった七瀬が遊びにきてくれた。昭島のメイド姿に爆笑したあと、やはり調理スペースの僕を見つけてがっかりした顔を見せる。

「……やるつもりだったけど、調理班のほうが人数いないんだ。予定してた子が部のほうの発表抜けられなくて。僕もこれから自然科学部にも行かなきゃいけないし、着替える時間ももったいないから裏方で」

「遠山は仕事の分担多すぎだよ。明日の寮のバザーの当番は、ほかに空いてるやつに頼めばよかったのに。結局一番多く当番の時間引き受けてるだろ」

「頼んでた子が、急に他校の友達が遊びにくるので案内するって用事ができたから。僕はそういう予定ないからいいいんだ。それにどっちにしても、朝倉と僕は時間があいたらバザーを手伝うってことになってるし」

「ほんと貧乏くじ引くタイプだなあ」

「……くじ運悪くて、女装カフェを引き当てたのも僕だし」

七瀬は「いや、そういう意味じゃないんだけど」と笑った。

ちょうど調理を交替してくれるクラスメイトが戻ってきたので、僕はエプロンを外して布の仕切りから七瀬と並んで出る。

七瀬が「あ」と声をあげたのでそちらを見ると、篠宮先輩がカフェに入ってくるところだった。

「――」

篠宮先輩は僕を見て無言のまましばし立ち止まった。なにかに驚いているようなので、その絶句ぶりに僕は挨拶《あいさつ》をしそこねた。

窓際の席に座っていた御園先輩が「あ、きたきた」と立ち上がって、僕たちのほうへ寄ってくる。

「ほら、遠山。しーちゃん、せっかく忙しい時間をぬってカフェにきたのに、きみがメイド姿じゃないからショックで声がでなくなってるよ」

御園先輩の指摘に、篠宮先輩はさすがに眉をひそめて「わかったようなことといわないように」と反論したあと、僕を見て苦笑する。

「――遥、メイドじゃないんだ。ひょっとしてあれ？　俺がカメラもってくると思ったから？」

「いいえ、そうじゃなくて、仕事の分担の都合なんです。……すいません、期待を裏切って」

僕が頭をさげると、篠宮先輩はおかしそうに噴きだした。

「そうか、残念」

「あの、先輩から逃げようと思ったわけではないので」

「――うん、わかってる」

せっかく篠宮先輩がきてくれても、ゆっくりと話している時間もないのが恨めしかった。

「すいません、これから自然科学部を手伝わなきゃいけないので、失礼します」

「頑張って」

七瀬にも「じゃあね」といって、僕は教室を出た。御園先輩が「カメラってなに？　最近ちょっとふたりの世界つくりすぎだよー」と篠宮先輩にいっているのが聞こえてきて、僕はひそかに顔が熱くなった。

自然科学部の展示室に向かう途中、入場者でにぎわう廊下で橘の姿を見かけた。一緒にいる私服姿の同年代らしき後ろ姿が見えたので、友達を呼んで案内しているのだとわかった。先日はバザーの手伝いにも参加してくれたし、良い傾向だととらえるべきなのだろう。

それでも少しばかり胸の底でなにか引っかかるものがあったが、忙しくて突きつめて考えるひまもなかった。クラスと部活、寮のバザーと忙しく飛び回っているうちに、森園祭の一日目は過ぎていった。

二日目の午後にはようやく自由時間がとれて、昭島や七瀬たちと一緒に英語研究会の英語劇を見に行った。

演目は「ハムレット」で、観客席は満員だった。篠宮先輩がハムレット、御園先輩がオフィーリアをやっていた。

衣装や背景は時代物らしからぬシンプルさで、仰々しいセットはひとつもなく、服装もみんなごく普通の白シャツと黒ズボン、女役の御園先輩もさらりとしたAラインの白ワンピースだった。照明が効果的に使われていて、それが却ってスタイリッシュに映った。手書きの字幕がオーバーヘッドプロジェクタによって映し出されるのも、どこかレトロな感じが漂う。

篠宮先輩の端整な容姿は立っているだけでその場の空気を支配して、声も静かだけれどもよく響き、綺麗な発音は耳に溶け込むようになめらかだった。

観客のなかには女子高生の姿がやたらと目立った。ほかの先輩に聞いたところ、篠宮先輩は学校内だけではなく、他校にまで「森園にカッコイイ子がいる」としてひそかに名前が知れ渡っているらしかった。

去年も英語劇に出演していたのが話題になったのにくわえて、女子高生たちは森園の生徒が街に買い物にでているときに目をつけるらしい。僕も篠宮先輩を初めて見たときには絵に描いたような王子様だと驚いたのだから、街なかを歩いている先輩をひと目見ただけでも女子高生の頭のなかに強く印象に残るであろうことは想像に難くなかった。

今回の英語劇のハムレットを見て、また彼女たちは自分たちの学校に戻ってから篠宮先輩のことを「王子様みたい」と騒ぐのだろう。

篠宮先輩が外出時に坂道で待ち伏せされて、プレゼントや手紙を時々もらってきているのは知っている。僕ですらメアドを書いた手紙をもらったことがあるが、そういったアプローチを受けても、森園の生徒は携帯電話が使えないので、基本的につきあうのは困難を極める。

だから、篠宮先輩も「坂の上の囚人」である限り、いくら手紙やプレゼントで接触してもらっても、甘い誘いには応えようがない。というよりも、日々の勉強や部活、学校や寮の行事に携わっていたら、その他のことは時間的に入り込む隙がない。そこが「囚人」たるゆえんで、森園の生徒らしくあればあるほど外部から隔離されるのだ。

だからいまは篠宮先輩は僕のそばにいてくれて、「近づきたい」といってくれているけれども……。

ふいに舞台の上に立っている篠宮先輩がものすごく遠くに思えた。近くに座っている女子高生の熱い視線が舞台の上に注がれているのを見れば見るほど——遠い気がする。

夏休みに肌をかさねてからも、もしかしたら先輩が僕に向けてくれる気持ちと、僕が抱いている気持ちは違うのではないかと考えることがあった。

幸せすぎるから、いつ夢が覚めるのだろうと思ったりもした。でも、僕が篠宮先輩を好きなことには変わりがない。僕は先輩と距離があるからこそ、近づきたいと願うのだから。

こんなにも遠い存在だからこそ、僕は憧れて——少しでも先輩に近づきたくて、そのために自分を良い方向に変えていけたらと思うのだ。そばにいつづけるためにはどうしたらいいんだろうと模索しながら、前に進んでいけるような気がして……。

やがて盛大な拍手につつまれて、英語劇は終了した。僕も昭島たちもそれぞれ次の仕事の当番があるので、あまり余韻に浸るひまもなく足早にチャペルをあとにしなければならなかった。

「——御園先輩って眼鏡外すと、色っぽいな。あと細い」

「王子もやっぱ格好いいよな。前の女子高生の三人組が、台詞のたびにキャアキャアいっててうるさいぐらいだった。な、遠山」

「うん——格好よかった」

僕が素直に頷くと、昭島と七瀬が顔を見合わせて、にやにやとした。

「遠山は、忙しくても英語劇だけは絶対に見にくるっていってたもんな」

篠宮先輩が僕を皆の前でも「遥」と呼ぶようになってから、周囲から「仲がいい」と揶揄《やゆ》されることが多くなった。皆ふざけているだけでほんとうに深い仲だと思っているわけではない。男子校特有の冗談のノリだ。

みんなに他愛ないことでからかわれるのも楽しかった。文化祭で忙しく動き回って、仲のいい友達と自由時間に好きな先輩の出演する英語劇を見て……。

僕がこんなふうに高校で過ごせるなんて、森園にくる前には想像もできなかった。

二日目の森園祭の一般公開は無事に終了して、すぐに後片づけがはじまった。一時間後にはチャペルで礼拝が行われ、生徒たちはそのまま外に出て後夜祭が行われる。

夕闇が落ちるなか、野外に組んだステージで生徒会の実行委員会の挨拶、反省会と続き、軽音楽部など有志の演奏が行われた。

軽快なリズムの音楽が大音量で鳴り響き、辺りはたちまち歓声と熱気に覆われた。

曲数が増えていくたびに観客である生徒たちのテンションも高まり、壇上のパフォーマーが拳を振りあげれば、五百人以上の男子高校生が一斉に同じように天に向かって拳をつきあげる。飛び跳ねれば、同じように跳ねる。地鳴りがしそうな盛り上がりだった。

普段はミッション系ということもあって、チャペルでの礼拝は日常になっているし、世間的にはどちらかというと森園の制服に身をつつんだ生徒たちは品が良いとされているのだが、二日間の祭りの集大成とばかりに皆エネルギッシュだった。

先生たちで組まれたバンドも登場し、野外ステージ周辺は歓声と笑いと興奮で異様な熱につつまれた。生徒たちにはペンライトが配られていたので、バンドの演奏中はその手に握られたペンライトの点々とした光が曲のメロディーラインに沿うようにして踊って、壮観だった。

ライブ終了後は、事前にペンライトと一緒に配られた番号で景品の抽選が行われて、さらに活況を呈する。

最後の締めで打ち上げ花火があげられると、高揚感をさらに煽《あお》るような歓喜に満ちた叫び声が生徒たちの口から発せられ、森園祭は幕を閉じた。

終了の放送が流れても、熱の余韻が消えずに生徒たちのあいだを漂っていた。笑顔と一体感とざわめきと——みんながペンライトの灯りをつけたまま、それぞれの寮へと戻っていくので、夜の闇のなかで光の行進のように見えた。

最後に実行委員会のメンバーで「お疲れ様でした」の挨拶をして解散になった。

「遥、お疲れ」

寮に戻る途中、篠宮先輩に声をかけられた。

「お疲れ様です」

すぐそばを歩いていた執行部の先輩が「ちょっと篠宮」と声をかけてきたので、それ以上は話すことができなかったが、先輩の晴れやかな笑顔を見られただけで疲れなど一気に吹き飛んでしまった。めまぐるしい二日間だったが、心地よい達成感につつまれる。

「――遠山」

若葉寮に辿《たど》り着く前に、背後から声をかけられた。「え」と振り返ると、橘がペンライトを手にして、珍しく唇の端に笑みを浮かべて立っていた。彼も後夜祭に参加していたらしかった。

「ちょっとおまえに話があるんだけど、いいかな。みんなに聞かれると、話しにくいからさ。倉田たちにもなんかいわれるし。こっちきて」

僕はまだ後夜祭の興奮が冷めやらぬまま、「いいよ」と頷いた。

みんなが本校舎を過ぎて寮へと戻る道を進むなかで、僕たちは道を曲がって、図書館のほうへと歩いた。

「――森園祭、すげえ楽しかったな」

「橘、後夜祭でたんだね」

「ちゃんと出たぜ。昨日、従兄弟《いとこ》とか呼んで、校内を案内したし。『森園も面白そうな学校だな』っていわれたよ」

昨日、橘がそれらしき人物を案内していた姿を見た記憶が甦る。森園祭に積極的に参加していて、僕にもこんなふうに話しかけてくれるし、すべてが良い方向に動いているのだと思っていた。それなのに……。

「小学校の頃はその従兄弟と仲良かったんだ。でも同じ学校受けたときに自分だけ落ちて……

母親には『姉さんのとこの子は受かったのに』とか嫌味いわれるから、中学あがってからは、会う機会もあんまなかった。昨日、久々にうちの文化祭にこないかって誘って――そいつ、松岡学園なんだ。俺、中等部落ちたっていっただろ？」

「…………」

自分がいま、どんな顔をしているのか、僕は想像できなかった。その場に凍りついたように立ちつくす僕を、橘はさぐるように見た。

「松岡学園の寮でおまえらが中二のとき、三年生の先輩が四人も退寮して停学になる事件があったんだってな」

一気にふわふわと宙を浮いているような熱が冷めて、地上に叩きつけられた気がした。バラバラになる感覚。

「――遠山の名前いったら、従兄弟はすぐにわかったよ。おまえ、中等部で有名だったんだってな。先輩たちの玩具《おもちゃ》だったたって」

五章

森園《もりぞの》にきてから、若葉寮《わかばりょう》で過ごす日々は理想的すぎたので、時々怖いと思わなかったといったら嘘になる。

大好きなひとがいて、仲のいい友達ができて——いつも電車に乗り遅れているような僕だったのに、あまりにも順調に進みすぎたから。

切り捨てたい記憶なんて誰にも告げる必要はないかもしれないけれども、知られてしまったら終わりだと考えたことはあった。

ここでは誰も僕を知らない。でも、過去の僕が決していなくなったわけではないのだ、と。

(——先輩たちの玩具《おもちゃ》だったって)

それは嘘だった。橘《たちばな》がいったのは悪意のある噂で、真実ではなかった。

松岡《まつおか》学園の中等部二年の秋——村田《むらた》という先輩が寮でやたらと僕に「二年で棟長なんて生意気だ」と突っかかってくるようになった。

僕はうまくかわしているつもりだった。寮長などの三年が味方になってくれていたし、とくに同じ棟長の石橋《いしばし》先輩がいつも庇ってくれた。

やさしい石橋先輩に、僕は憧れていた。友達にも「一番好きな先輩だ」といったこともあった。

僕が石橋先輩に憧れていることは、仲のいい友達しか知らないはずだった。でも、いつのまにか寮内に伝わっていた。

「ホモじゃないの、おまえ」

最初はそんな言葉で村田先輩は攻撃してきた。僕が相手にしないでいると、だんだんからかいはエスカレートしていった。

どうして彼は僕にあれほど突っかかってきたのか。

多くの寮生は、村田先輩たちが事件を起こしたせいで内部進学できなかったと思っているが、彼らはいわゆる「肩叩き組」で最初から内部進学が難しいとされていた。

中高一貫とはいえ、ごく一部の学力や素行に問題のある生徒は三年の二学期の初めには面談で「高等部に進んでも、この先授業についていけない」と暗に外部の高校を受験するようにすすめられる。もし外部の高校を受験しなかったら、「もう一度中等部の三年をやってください」と落第の通告を受ける。だから、「肩叩き」された生徒のほとんどは落第を避けて、外部の高校を受験する。

村田先輩は素行不良だったし、そのせいで成績も落ちていた。二学期初めの面談で外部の学校をすすめられて、自棄になっていたのだ。

だから、たまたま成績がよかったせいで、先生に指名されて二年で棟長になった僕は――それだけで、おそらく彼にとっては鬱憤《うっぷん》をぶつける対象だった。

「遠山《とおやま》、ちょっと部屋にきてくれ。具合が悪くなったやつがいるんだ」

事件の日、僕を呼びだしにきたのは気の弱い先輩だった。その日はちょうど土曜日で、大半の生徒たちは帰省していた。

直接舎監の先生を呼びにいけばいいのにと思ったが、棟長の僕に告げてくるのもさして不自然ではなかった。

連れていかれた部屋は全員帰省していて、代わりに村田先輩とその友達の三人が待っていた。部屋に入るなり、僕はあっというまに四人に押さえつけられて、「ホモってどんな身体してんの」と服を脱がされそうになった。

「こいつ、みんなに『かわいい』っていわれて、いい気になって。石橋が好きなんだぜ」

まだこのときは村田先輩たちもおかしそうに笑っていて、「遥ちゃん見せて」とからかうような調子だった。

自分より大柄の複数相手に押さえつけられて、逃げられるはずもなかった。だけど、必死に手足を動かしていたら、足がひとりの顔に当たった。

「てめえ、なにするんだ」

それで一気に先輩たちの怒りに火がついて空気が変わった。僕は服を剝《は》がれ、裸にされて床に転がされると、声をだせないように口をガムテープでふさがれ、手足を押さえつけられた。のちのち寮で噂になったように、彼らは僕を性的にどうこうすることはなかった。ただ笑いものにしたかっただけだ。僕の身体的な特徴をあれこれあげつらって馬鹿にして、「気持ち悪い」と。

変な意味で玩具になどなっていないが、むしろもっと残酷だった。僕はカーテンのついている二段ベッドの下段に後ろ手にガムテープで縛られて裸のまま押しこめられた。

「おい、石橋呼んでこい」と村田先輩がいった。

それからあとのことは思い出したくない。忘れよう忘れようと思っているうちに、記憶はひっかき傷のような線で消されて曖昧《あいまい》だった。

ただ帰省せずに残っていた石橋先輩が無理矢理連れてこられて、「なんの用なんだよ」といいながら、「ご対面ー!」とベッドのカーテンを開けられて裸に剝《む》かれて転がされている僕を驚いた顔で見たことだけは鮮明に記憶に残っている。

村田先輩たちの下卑《げび》た笑い声と、「なにしてるんだ!」と怒鳴る石橋先輩の声で、同じ階のほかの寮生がさすがに異様な空気に気づいて先生を呼びにいった。

その後はずっとうつむいていたので、舎監の先生が駆けつけてからも、皆がどんな表情で僕を見ていたのかわからなかった。ただ二度と顔をあげずに、このまま消えてしまいたいと思った。

事件のあと、村田先輩たちは強制的に退寮になり、停学になった。最初は「村田先輩たちが悪いことをやった」という話だけが寮内に広まった。だが、先生が駆けつけたときに僕が裸にされていたことを目撃した寮生たちからの声で尾ひれがつきはじめた。

優秀な生徒が多い松岡学園の寮では滅多にないスキャンダルだった。僕を直接知らない寮生たちまで、まるでお祭りみたいに浮足立って面白半分に噂をしていた。

「遠山ってさあ――あいつ、やられてたんじゃないの？　四人いっぺんてすげえな」

まるで悪夢のようだった。以前から僕が週末にあまり帰省しないのは、村田先輩たちと寮に残って、いかがわしいことをするためだという信じられない話まで出回った。被害者ではなく、僕まで素行不良だったことに話が改ざんされた。事実は知らなくても、勝手に僕の容姿の印象だけを見て、「あいつなら、男相手にありえる」と。

最初はくだらない噂なんてすぐに消えると思っていた。僕本人に直接告げられるわけではないので、弁明の機会はない。耳に入ったときには「違いますよ」と否定するのが精いっぱいだった。

噂の対象である僕にかかわりたくなかったのか、みんな用件があるとき以外では腫れ物にさわるように口をきかなくなった。

「全部嘘だ」と周囲にもっと強く訴えればよかったのかもしれない。でも、当時は村田先輩たちに押さえつけられた記憶は恐怖そのもので、自らその件を口にだすのは苦痛だった。

いつのまにか悪いのは僕のような気すらしていた。なぜなら、いままでかわいがってくれていた石橋先輩でさえも、僕への態度を変えて、あからさまに距離をおくようになったからだ。たぶん彼に見えていたのは、はじめから男子校で「かわいい」といわれる僕の外見の部分だけで——村田先輩たちに惨めに裸にされている僕を見て、彼のなかの僕への好意が冷めたのだと——事件後の対応で、そのことを思い知った。

三年生が進学して高等部寮に移ると、徐々に噂は薄れて、寮内は気味が悪いほど静かになった。二年生では棟長だったのに、三年になった僕にはなんの役職もつかず、先生たちも扱いに困っているのがわかった。

同学年の寮生たちのなかには「いままで先輩たちが変に騒いでたから……ごめんね」と謝ってきた子たちもいた。僕は「いいよ」と応えたものの、どこかシコリのようなよそよそしさは残った。

変な噂を主に流していたのは村田先輩と仲の良かった三年の一部だった。だから、彼らが寮にいなくなってから居心地はよくなったはずなのに、僕はぷつりと緊張の糸が切れた。

寮の部屋自体がストレスだった。ひとりでいるときはいいが、四人部屋の空間でみんなが笑っているのを見ると、次の瞬間に自分が手足を押さえつけられて裸にされるのではないかと思う。自分よりも体格のいい男にそばによられると怖い。パニック発作を起こすようになり、P《心的》

ＴＳＤ《外傷後ストレス障害》だと診断されて白いラムネのような薬をくれる病院に通院するようになった。

退寮して自宅から学校に通うようになってから症状は落ち着いたけれども、不安の塊はずっと心の底に沈んだままだった。

森園にくるときはうまくやらなければ——と思っていた。

しかし、高校生活を無難に過ごせればそれでいいという気持ちは、いつしか消え去って、もっと積極的なものに変化した。

篠宮《しのみや》先輩や友達と一緒に過ごすうちに、僕はもっと欲張りになっていたのだ。新しい自分の居場所をつくりたかった。

今度こそ——僕をほんとうに心から理解してくれるひとが欲しかった。


森園祭が終わってしばらくたつと、学校では早くも十二月のクリスマス礼拝に向けてのスタッフの募集が行われて準備がはじまった。

生徒会が中心になるのだが、燭火《しょっか》係、ページェント（生誕劇）、聖歌隊の追加など、全部で八十人ほどが必要だった。ページェントなどに参加すると一か月以上にわたって放課後に呼びだされて練習が必要になる。

ページェントの主要な配役は全校生徒の投票によって決められる。一年生のなかで目立って票を集めていたということで、僕も出演することが決められてしまった。

「――遥ならできるよ。ページェントは無言劇だし、台詞《せりふ》いう必要ないから」

篠宮先輩にそういわれてしまうと、結局僕はことわることなどできるはずもなく、了承するしかなかった。だが、僕にはいま、目立ちたくない理由があった。

僕が行動すれば、きっとまた橘がなにかをいってくる。それが厄介だった。

森園祭以降――橘は松岡学園の事件を知ってからというもの、再び僕によく話しかけてくるようになった。僕の弱点を見つけて喜んでいるようにも見えた。

後夜祭のあとに事件のことをいわれたとき、僕は気が遠くになりそうだったが、はっきりと橘に告げた。

「……きみの従兄弟がなんていったか知らないけど、それは噂でほんとうのことじゃない」

変にごまかすのは逆効果だとわかっていたので、素行の良くない先輩に目をつけられて、イジメを受けただけだと説明した。

橘は「ふうん」といっただけで納得した様子はなかった。

とりあえず現時点では「俺は知ってるぞ」という優越感に満ちた顔をしながら、僕にねちねちと「みんなが知ったらどうするのかな」と時おり嫌味な口をきいてくるだけだった。

――知られたら、どうなるのだろう。

先輩の理不尽な攻撃の対象として、裸にされて笑いものにされた。好きな先輩にそれを見られた。実際に起こったのはそれだけだ。

べつに知られてもかまわない。松岡学園の頃とは僕も違う。あのときは釈明すらできない精神状態だったが、今度こそ自分の口ではっきりと説明すればいい。

頭ではわかっているのに、感情が揺らぐのはどうしようもなかった。

「……遥《はるか》、具合でも悪い？」

クリスマス礼拝のスタッフミーティングから帰ってきたとき、篠宮先輩に心配そうに問われて、僕はあわててかぶりを振った。

「そんなことないです……」

日が落ちてきて、薄墨色の窓の外を見ると、ケヤキの木が紅葉をはじめていた。日のよくあたるところは赤くなり、次に黄色、緑のところも残っていて、三色が混じり合って綺麗だった。

十一月も中旬を過ぎるとすっかり空気も冷たい。

「……もうクリスマスの準備だなんて、早いなって思ってて。あっというまに過ぎたみたいで」

「――そうだね」

僕が机の椅子《いす》に座ると、篠宮先輩も自分の椅子を引いてきて近くに腰を下ろした。

ほんとうに流れるように過ぎ去った。森園にきて、篠宮先輩に出会ってから、僕の世界はそれまでの辛《つら》い出来事をすべて打ち消すような甘さにつつみこまれていた。

先輩は、僕に魔法のキャンディをくれた。大げさでもなんでもなく、僕にはそうとしか思えなかった。

「早いね。遥に出会ったのは、つい昨日のことみたいに思えるのに」

先輩も入寮の日に出会ったことを思い出しているような目をしていた。僕をやさしげに見て微笑《ほほえ》む瞳はあの頃から変わらない。

「まだこれからクリスマス礼拝の準備があって忙しいときになんだけど——来年になったら、すぐに次の寮長と副寮長を決めなきゃいけないんだ。御園《みその》とも話したんだけど、規定路線どおり、遥たちに任せてもいいかなって」

「——え……?」

唐突にいわれて、僕は意味がわからずにきょとんとした。

「だいたい一年のリーダーが、よほどの問題がない限り、次の寮長と副寮長になるんだよ。だから遥と朝倉でいいかなって」

「待ってください。僕は……朝倉はともかく、僕は駄目です。先輩たちみたいにリーダーシップなんてないですし。雑用係だったから、リーダーも引き受けたんです。僕はそういうタイプじゃ……」

あわてる僕に、先輩は諭すような表情を見せる。

「なにも俺たちと同じタイプになる必要はないんだよ。誰も反対しないと思うよ。遥がいろんなところで細々とした仕事をいやがらずにやってるのを皆知ってるし。たしかにちょっと控え目だけど、ページェントの投票で人気があるのもわかったし、みんなが支えてくれる」

「でも僕は……」

「来期の執行部には、昭島《あきしま》や七瀬《ななせ》にも声をかけて入ってもらうつもりだから。あの子たちも寮行事に積極的に参加してくれてたし、皆で協力しあえば大丈夫だよ」

ずっと篠宮先輩のそばにいたい。まっすぐに走る電車に乗っているように――でも僕の走る線路にはきっと思わぬ障害物がある。

「……僕は無理です」

「俺は遥のそうやって遠慮するところ好きだけど、もっと自信をもってもいいと思うよ。森園祭のバザーのときも頑張ってたのを皆知ってるし」

入寮二日目に僕がパニック発作を起こした際に「頑張ろう」といってくれた篠宮先輩の笑顔が甦った。僕はそれに応えたかったはずだった。

少し前なら、分不相応だけど「頑張ります」といえたかもしれない。でも、いまは……。

「まあ、どっちが寮長でどっちが副寮長になるかは、これから朝倉と話し合って決めればいいから。でも御園が朝倉に意思確認したら、遥のほうが寮長でいいっていったっていうんだ。そのほうが『似合ってる』って。あいつ、『入寮説明会で「みなさんにメッセージです」って聖書をすました顔で読みあげるなんて、俺には寒気がして絶対にできない』って」

朝倉らしい——と思わず感心せずにはいられなかった。先輩相手にも自由に発言できる彼が羨《うらや》ましかった。

「僕もしゃべれません。先輩みたいに堂々と……」

「たしかにおしゃべりじゃないけど、遥は必要なことはきちんというだろ。リーダーの仕事のときも皆に話しかけてるじゃないか。あの橘にさえも。……俺にもいつも気持ちを伝えてくれてる。それで十分だよ。みんな個性はそれぞれなんだから」

違うんです、と僕は心のなかでかぶりを振った。僕はまだ先輩にも伝えていないことがある。どこかで怖い——と思ってしまう自分がいる。松岡学園の頃のあんな惨めな自分を知られたら、先輩に嫌われてしまうのではないかと。

僕は自信なんてない。先輩が僕のどこに好意をもってくれているのかもわからない。

篠宮先輩は、中学のときの石橋先輩とは違う。それはわかっている。

先輩、僕は中学のとき、寮で——。

「……遥？」

篠宮先輩がふいにからだを近づけてきて、僕の顔を覗き込む。

最初の頃は近づいてこられただけでからだがこわばった。でもいまは胸が震える。不安とはべつの意味で——目の前のひとが大切すぎて、いとしくて。

篠宮先輩は「ん？」と表情をさぐるようにしながら、僕の前髪をかきあげていつものように額にキスしてくれた。

もう驚かないようにしようとしていても、突然の接触に頰が赤らむ。

「……どうしていきなりするんですか」

「――泣きそうな顔してるから」

「…………」

それも違う。泣きたいわけじゃない。先輩が好きすぎて、僕は時々、どうしていいのかわからなくなるんです――と訴えたかった。

先輩がほんとうはどういう意味で自分にやさしくしてくれるのか。いまだに不安になることがある。

「先輩は……夏休みのときみたいには――僕にふれないんですね」

そのとき、どうしてその問いかけがふっと口をついてでたのかはわからない。

ずっと気になっていたことではあったけれども、自分から問い質《ただ》すつもりはなかった。先輩が蕩《とろ》けそうな甘さで僕にふれてくれたのは、閑散とした寮で過ごしたあの短い夏のあいだだけ。

篠宮先輩が驚いた顔を見せたので、僕ははっと我に返った。じわじわと首から上に熱がたまっていくのがわかる。

「す、すいません。変なことをいって」

「──許さない」

「え？」

僕の焦った顔を見て、篠宮先輩は悪戯っぽく額をつついてきた。

「ひとがどんなに我慢してるかも知らないで──なんでこの子はそんなこというかな。ふれてもいいの？　そんなことといわれたら、毎晩だってしたくなる」

「……いえ、それは……」

篠宮先輩はためいきをついた。

「寮で同室だから、どこかでケジメつけないと、際限がなくなる。もしも、誰かに知られて問題にでもなったら、遥に迷惑かけるし、なによりももう一緒の部屋でいられなくなるかもしれないのがいやだったから耐え忍んでたんだけど」

おそらくそんな理由だとはわかっていた。だけど、まったくふれてもらえなかったことに不安を抱いたことがあったのも事実だった。

時々、夏休みの甘い時間は夢だったんじゃないかとすら思って……。

「それに、夏休みに少し急いで手をだしすぎたかなと反省してたんだ。いやらしい男だってびっくりさせたかもしれないって」

篠宮先輩が意外なことをいったので、僕はあわててかぶりを振った。

「……そんなこと思いません」

「ほんとに？　がっついたから、怯《おび》えさせてるかもしれないって……本気で心配してた」

篠宮先輩ははにかんだような笑みを見て、僕はまともに目が合わせられなくてうつむいた。篠宮先輩は反対にこういうとき視線を外さない。照れた顔を見せながらもまっすぐに僕を見つめてくる。

「何度もいってるけど、俺は普通の男だから。ふれたいけど、我慢してるだけだよ。正直、いつでもふれていいことになったら、自分をコントロールできる自信がないから」

僕は顔から火がでそうになった。正直な言葉と真摯《しんし》な視線にさらされて、さらにうつむくしかなかった。

「……先輩、もうわかったので……すいません」

「――じゃあ許す」

頬をなでられて、顔を引き寄せられてくちづけられた瞬間、僕はいとおしさで窒息しそうになった。

いつでもまっすぐで澄んでいて、ひとに与えることを惜しむこともなくて……。

僕はこのひとが好きだ。一緒にいたい。だから今度こそ強くならなければならない。

神は耐えられない試練は与えないというけれども、ほんとうだろうか。

森園には宗教の時間があって、主にレポートを書かされる。僕も、周りの生徒たちもほぼ九割以上はクリスチャンではないので、礼拝の長い説教は睡眠時間と捉えることもあれば、宗教の時間に「アガペーとエロスの違いについて」というお題で話をされて「エロス」という語感だけで皆興味津々《しんしん》に宗教担任の声に耳を傾けるときもあった。

そんなふうに不信心極まりない過ごしかたをしていても、頭に印象的なフレーズは残るもので時々自分に問いかける。

いまの僕の状況も試練なのだろうか？　耐えられるのだろうか——と。

課題のレポートを書き終わったあとも、くりかえしそんなことを考えたのは、橘の件があるからだった。

一昨日、寮の掲示板に奇妙な怪文書が貼られた。寮内で僕と朝倉が次の寮長、副寮長になるかもしれないと伝わったあとにそれは起こった。

『遠山は松岡学園の寮で問題を起こして居られなくなった。あんなやつが次の寮長になってもいいのか』

最初にその貼り紙に気づいたのは朝倉で、B棟の掲示板にあるのを見て、ついでにA棟を見にきたら貼ってあったので両方はがしたと教えてくれた。他の寮生が目にする前だったので、皆には知られなかった。

「俺、これ書いたやつ、だいたいわかるんだけど。おまえ、やっぱりあいつに当番サボった件を告げ口されたって思われて粘着されてるんだよ」

朝倉がいやそうな顔をしていった。信じたくなかったが、僕にも犯人は橘しかいないように思えた。

自治会の執行部にいったほうがいいといわれたけれども、迂闊《うかつ》に騒ぎにしたくなかった。たぶん僕が執行部や先生に報告すれば、橘はもっと追いつめられる。従兄弟から聞いたという僕の松岡学園での酷い噂をきっと広めるに違いない。だけど、僕が耐えて黙っていても、いずれ同じことになるに決まっていた。

どちらにしても、僕の松岡学園の中等部時代の話は広まる。むしろ森園祭のあとから一か月近く、よく橘が黙っていてくれたものだった。

翌日には二回目の怪文書が貼られた。今度は別のA棟の寮生が「変なの貼られてた」ともってきてくれた。内容は一回目とまったく同じだった。

「大丈夫か？　気味悪いな」と彼はいってくれたけれども、朝倉のときのように黙っていてはくれないだろうと思った。悪意のあるなしとは関係なく、「変な紙があった」ということはすぐ知れ渡ってしまうだろう。

その夜、とりあえず橘かどうかだけでも確認するために、僕は食堂から出てくる彼をつかまえてたずねた。

「これのことなんだけど……」

折りたたんだままの例の紙を見せただけで、橘はすぐに用件を察した。

「ほんとのことだろ」

そう一言いいきると、橘は足早に去っていった。ひと目のある場所だったので、僕もそれ以上は追及できなかった。

部屋に戻ってから、僕は途方にくれた。正直なところ茫然としてしまって追いかける気力もなかった。

悪かったのか。なぜ橘がこんなことをするのか理解できなかった。いったいどうしてこんなことになったのか。なにが悪かったのか。バザーの件で手伝いを頼んだのがまずかったのだろうか。

良かれと思ってしたことが、こんな結果を導いたように、いまは自分がなにをしても事態が悪化する気がした。

「——遥？　なにかあった？」

篠宮先輩が目ざとく僕の顔色に気づいて声をかけてきてくれたけれども、その夜はなにもいえなかった。

橘に声をかけないほうがよかったのだろうか。この貼り紙を見たら、以前七瀬や朝倉がいっていたように「あいつにはかまわないほうがいい」が正解だったのかもしれない。

だけど、僕は放っておけなかった。それは過去の自分を無視するのと同じことで……。

足もとが崩れていくような感覚にこころもとなさを覚えながら、僕は一晩中そのことを考えて——翌日、学校から帰ってきたときには、橘に再び話をしようと決意を固めた。

なぜこんなことをするのかとたずねて、貼り紙をやめてくれるように頼もう。それで解決するなら、周りには知らせない。

こんなものを貼るなんて、いくら僕にいやがらせをしたいにしても、橘自身も大問題になることをわかってほしかった。

もし、やめてくれないのなら、そのときは篠宮先輩に相談しよう。松岡学園の中等部の寮でのことも伝えようと思った。橘が従兄弟から聞いたような下卑た噂を先に聞かれるよりも、僕の口から惨めな事実を告げるほうがまだ耐えられた。

「ただいま」

その日に限って、篠宮先輩は帰りが早かった。部屋のドアを開けて入ってきた先輩を見たとき、「おかえりなさい」といいながら僕は内心動揺した。

とにかくまず橘に話をしてこなければならない。すべてはそれからだった。

大丈夫。若葉寮で過ごすようになってから、僕は少しは成長したはずだった。あの頃とは違って、強くなって……。

覚悟を決めて、部屋を出ようとしたそのとき――。

「篠宮先輩！　ちょっときてください！」

A棟の寮生があわてた様子で部屋に駆け込んできた。

「大変なんです。食堂で騒ぎが……とにかくきてください」

なにか事件が起こったらしかった。いったい何事なのか——篠宮先輩が部屋を飛びだしたので、僕も橘の部屋を訪ねるのはあとにしてついていった。

食堂に辿り着くと、窓際のテーブルを囲むようにして大勢の人が集まっているのが見えた。

「おまえなんだろ！　こんなくだらないのバラまいてるの！」

叫び声と、椅子が倒れる音が聞こえた。篠宮先輩が「なにしてるんだ」と近づくと、人垣が割れて、テーブルのそばで尻もちをついている橘と、その前に仁王立ちになっている七瀬が見えた。その脇には昭島と朝倉《あさくら》の姿もあった。

テーブルの上と床には『遠山は松岡学園で問題を起こした』と書いた例の怪文書が何枚も散らばっている。

七瀬が顔を真っ赤にして怒鳴っていた。

「いったい遠山になんの恨みがあるんだよ！　遠山はむしろおまえのことを寮に馴染ませようとしてたのに……。おまえだって遠山にだけは話しかけてたじゃないか。遠山が怒らないのをいいことに——なんなんだよ……！」

七瀬と揉《も》みあって突き飛ばされたのか、橘は茫然とした顔をしている。

七瀬が感情的になると、いつもフォローに回るはずの昭島も厳しい顔をしていた。

「説明しろよ。これはひどい。掃除当番サボるくらいならまだいいけど——おまえ、やっていいことと悪いことの区別もつかないのか」

掲示板に貼られただけではなく、すでに怪文書はほかにも出回っていたらしかった。朝倉のみならず、七瀬たちもすぐに誰が犯人だか見当をつけたのだろう。

多くのひとにあの紙を見られてしまったというのに――僕はなぜか追いつめられた状況から一転して、不思議と目の前の道が大きく開けたように感じていた。

七瀬と昭島が僕のために怒ってくれている……。その姿を見ただけで。

篠宮先輩が怪文書を手にしたところで、御園先輩も食堂に入ってきて「しーちゃん、何事？なんで集まってるの？」とこちらに駆け寄ってきた。

「朝倉？　きみがいながら、なんで止めないの？　なんなんだ、この騒ぎは」

「べつに騒ぎじゃないです。食堂のテーブルに変な紙が積んであって、書いたのが橘みたいだから、どういうつもりなのか質問してたところです。みんなも心配だから集まって」

朝倉がしれっと答えると、御園先輩も「変な紙？」とテーブルの上の一枚を手にとる。

篠宮先輩が硬い表情で周囲に集まっている寮生たちを見渡した。

「――みんな解散。部屋に戻って。あとは俺たちで対処するから」

寮生たちは顔を見合わせたあと、ぞろぞろと食堂を出て行った。「はい、解散解散」と御園先輩が追い立てて全員を外に出すと、扉を閉める。

食堂には僕と篠宮先輩と御園先輩、朝倉と七瀬と昭島――そして橘だけが残された。

篠宮先輩は険しい顔つきになって、橘と怪文書を見比べた。

「これを書いたのはきみか？」

確認の問いかけに、橘は返事をしなかった。ただ反抗的な視線だけで応えた。

「――なんでこんなものを書いたんだ？」

橘は床から立ち上がり、篠宮先輩を――そして僕を睨みつけた。

「そいつはっ、とんでもないやつなんだ。俺は松岡学園のやつに聞いたんだから。なんでそんなやつが寮長になるんだよ！」

忘れたはずの息苦しさが甦る。松岡学園の寮ではいくら噂を否定しようとしてもできなくて、ひとりで耐えて、苦しむしかなかった。

でも、もういまは違う。僕には篠宮先輩、昭島や七瀬――ほかにも心配してくれるひとがいてくれて。

だから、知られたら終わりだなんて考えなくてもいい。僕はあの記憶には十分すぎるほど傷つけられた。これ以上は必要なかった。

橘――と口を開こうとしたところ、篠宮先輩が僕の腕をつかんで「遥」と引き留める。

僕を庇うようにして前に出て、篠宮先輩は橘を見つめた。気圧《けお》されたように、橘が後ずさる。

その横顔に物騒なものを感じたのか、御園先輩が「ちょっとしーちゃん、殴るなよ」と顔をしかめた。

篠宮先輩は「大丈夫」と答えると、もう一歩前に出て、例の怪文書の紙を橘の鼻先につきつ

けた。

「――橘、なにを訴えたいのか知らないが、こんなことをしてたら、誰もきみの言葉は信じないよ」

橘は顔をひきつらせて篠宮先輩を見つめ返した。

「これじゃ、誰もきみとは話し合うこともできない。きみはなにがしたいんだ？　自分でもわからなくなってるだろう。その混乱をひとにぶつけるな」

穏やかな話しかただったが、諭すような響きに静かな怒りが込められていた。

橘は気まずそうにいったんうなだれて唇を噛みしめてから、面を上げて再び僕に鋭い視線を向けた。

「……だから、おまえはっ、なんで他のやつがこんなふうにいってくるんだよ。なんでおまえが俺にいってこないんだよっ……！」

橘は以前も僕に同じようなことをいっていた。当番をサボったときに、どうして僕が先に注意してこないのかと――。

でも、次に僕がバザーの件で協力してほしいと直接頼んだら、手伝ってくれたのにもかかわらず、そのあとでこんな怪文書を書かれた。

いったい橘は僕になにを求めているのか。思い通りにいかない焦りなのか、やはり孤立しているのが辛かったのか。

彼のなかにも、はっきりした正解はないのかもしれなかった。僕はそれをできるかぎりわかろうとしていたつもりだったけれども……。

相手にとってなにがプラスでマイナスかもわからないまま——僕はやっとのことで声を絞りだす。

「僕がきみに中学のときは寮生活が順調じゃなかったって話したのは、きみにわかってほしかったからだよ。こんな話はほかにいっていない」

怪文書には僕の酷い噂の詳細はまだ書かれていなかった。いま、この場でも橘は従兄弟から聞いたであろう内容は口にしない。

それを僕にとってのプラスと考えて、こう伝えるのが精いっぱいだった。

「きみだからいったんだ。それは……理解してほしかった」

橘はわずかに怯《ひる》んだような表情を見せたあと、なにかに打ちひしがれたように下を向いて、もう口をきかなかった。

橘は空いている一人部屋に謹慎になり、その日のうちに寮担任の先生たちと話し合いがもたれた。

夕食のときには寮内に橘の話はいっせいに広まっていた。橘が「松岡学園コンプレックス」をもっていることは有名だったので、怪文書の内容については妬《ねた》みだと判断されて追及されなかった。食堂のあちらこちらのテーブルから「一週間ぐらい停学か」「転寮だろうな」という声が聞こえてくる。

先輩や同学年の子たちがテーブルを過ぎる際に、「遥ちゃん、災難だったな」「遠山、気にするなよ」——と声をかけていってくれた。

「だけど、橘っていったいなんだったんだ？ あんな変な紙書いておいて、なんでまだ遠山に『おまえがいってこないんだよ』みたいな発言ができるんだ？」

七瀬が理解しかねる様子で首をひねると、昭島も眉間《みけん》の皺《しわ》を深くする。

「さあな。……ほんとは仲良くなりたかったのかもしれないな。遠山が嫌いなわけではないんだろ。本人も気づいてないのかもしれないけど」

「……ちょっと歪みすぎじゃないか？」

「どっちにしろあんな紙をせっせと書いてる時点で精神的に不安定だろ。なんか不満が溜まってたんだろうな」

結局は「わからん」という結論に至ったふたりに、僕はあらためて「ありがとう」とお礼をいった。

「僕のために、あんなふうに怒ってくれて……騒ぎを起こさせてごめん」

「当然だよ。最初に朝倉が貼り紙見つけたときに、すぐに先生や王子にいえばよかったのに。俺たちにも黙ってるし」

七瀬の言葉に、昭島も「そうだな。俺たちにいってくれればよかった」と同調する。

ほんとうにふたりに相談すればよかったと思った。橘と話し合うのはそのあとでもできたのだ。

「……今日、橘と話して、貼り紙をやめてくれなかったら、篠宮先輩に相談するつもりだったんだ」

「だから、なんで先に周りにいわないの？」

「よけいに橘を追いつめると思ったから」

僕が淡々と説明しているように見えたのか、七瀬が「うーん」と悩ましげに唸《うな》った。

「遠山って、橘のことムカつかないの？　もっとこう……激しく怒るとか憎むとか、『あの野郎っ！』とか『死んでしまえっ』とかわめくとかさ」

「怒るというか……怖かった」

最初に朝倉に怪文書の貼り紙を見せられたときは、足が震えた。もうこれで終わりだと思った。

以前だったら、不安にさいなまれてどうしようもなくなっていただろう。

だけど、そうならなかったのは僕が森園にきて——この若葉寮で過ごすようになって変わった証拠だった。

「……橘があんなことをしたのは、僕の対応がまずかったせいもあったのかと思うから」

「まーた、そんなおひとよし発言してる」

七瀬があきれたようにいうと、昭島は「遠山らしくていいんじゃないか」とのんびりと口を挟んだ。

「まあ、それがいいとこなんだけどさあ」

「浮世離れしてるというか」

「遠山もある意味、ほんと王子っぽいよね」

ふたりにあれこれと評されて、僕は決まりが悪かった。

「これからは……まずみんなに相談するよ」

昭島と七瀬は顔を見合わせて、「それならよし」と笑ってくれた。

ふたりともあの中途半端な怪文書を読んだのに、「あれはどういう意味なのか」とたずねてこない。きっと気を遣ってくれているのだろう。もう少し気持ちが落ち着いたら、ふたりには松岡学園でなにがあったのかをきちんと説明しようと思った。

でも、その前に、僕にはまず話さなければならない相手がいる……。

橘のしたことは僕を追いつめたけれども、結果的には自分が欲しかったものをすでに得ていると知ることができた。もう僕には、自分を理解してくれているひとたちがいるのだと……。

その日、篠宮先輩は食事と風呂が終わってから、遅くに寮担任の先生に呼びだされた。寮長として、現時点での橘との話し合いの結果を伝えられたらしかった。

「――まだ正式な決定じゃないけど、転寮みたいだね」

消灯時間ぎりぎりに戻ってくると、先輩は僕にそう教えてくれた。

「本人が望んでいるらしい。遥への謝罪もちゃんとするって。学校の処分は明日以降にならないとわからないけど、停学になるかもしれないね」

橘は青嵐寮にいけばよかったといっていたから、本人にとってはいい結果なのかもしれなかった。少なくとも若葉寮にいるよりは、今回の件でも周りにあれこれいわれなくてもすむだろう。

しかし、橘の件が一件落着しても、僕の問題はまだ終わっていなかった。先ほどまではなにを知られても怖くないと思っていたはずなのに、実際に篠宮先輩の前で口を開こうとするとからだがわずかに震えた。

「先輩は……中学の寮で僕になにがあったのか聞きませんね」

僕はかなり悲愴《ひそう》な顔をしていたのかもしれない。篠宮先輩は苦笑した。

「話したいなら、なんでも聞くよ。でも、つらいなら話さなくてもいい」

「……聞いてほしいです」

篠宮先輩は頷くと、自分のベッドに僕を手招きした。

「――おいで。こっちにきて話して」

松岡学園の寮生から話を聞けば、いつかは誰かの口から伝わってしまうことだった。相手を信じて、不安の塊はもう吐きだしてしまいたい。

篠宮先輩の隣に腰を下ろすと、僕はゆっくりと深呼吸してから話しだす。

「……入寮して二日目のとき、僕がパニック発作を起こしましたよね。あれは――」

松岡学園の寮でなにが起こったのか。

先輩に目をつけられて裸にされて馬鹿にされたこと。憧れていた先輩にそれを見られたこと。事件そのものよりも、その後のひどい噂や、憧れのひとの態度の変わりように傷ついたこと。松岡学園の先輩たちを思い出して、ひとにそばに近寄られるのが怖かったこと。

事実は隠さずに、なるべく簡潔にすべてを伝えた。僕の話を、篠宮先輩は静かに聞いてくれていた。

「……僕はもしかしたら、松岡学園のことを知られたら、篠宮先輩に嫌われるんじゃないかって――だから、ずっといえなかったんです」

「それが怖かった?」

春からいままでのあいだに――若葉寮で過ごすうちに、僕は抱えていた問題を少しずつ乗り越えてきたはずだった。

もう息苦しさを覚えて発作を起こすこともない。仲のよい友達ができた。好きなひとに好きだといえた。

それでも、心の底に不安の根は残っていた。

「はい……」

頷くと、篠宮先輩は僕の手をそっと握りしめてくれた。伝わってくる体温が沁みて、震えだしそうな心をつつみこむ。

「……俺がいままで遥の中学の寮のことをたずねなかったのは——なにも訊《き》かなくても、遥が自分で強くなろうとしてるのがわかったからだよ。こんなに頑張り屋さんは見たことがなかった」

その一言で、無意識に堪えていたものが込み上げてきて、僕は唇を噛みしめる。ずっと我慢していたものがいまにもあふれそうになって……。

少しは成長して、強くなったつもりだった。でも、心のどこかに癒されない傷は残っていた。

「覚えてる？　俺は最初きみに『王子様みたいだ』っていわれたときにちょっと変な反応をしただろう。理由は以前話した母のことがあるからなんだけど——『俺をなにも知らないのに』ってあのときは考えたんだ。でも、すぐに遥に王子様っていわれるのはうれしいかもしれないと思った」

「……どうしてですか？」

そういえば篠宮先輩はあの言葉が「じわじわ効いてきた」といっていた。僕は意味がわからなかったのだけれども……。

とまどう僕を見て、篠宮先輩はやさしく目を細めた。

「あんな発作を起こして、なにかしら問題をかかえているみたいで、それでも寮にくるしかないきみが――目に涙をいっぱいためて『頑張ります』っていったのを見たから。こんなに頑張ってる子がそういってくれるんだから……俺は王子様になってもいいと思った。――母のためとかじゃなくて、初めて自分自身でそうなりたいって思ったんだ」

「…………」

パニック発作を起こしたあとの、篠宮先輩とのやりとりが甦る。

「頑張ろう」と声をかけてもらって、僕はその言葉に引っ張られるように頷いた。もらったキャンディのかけらは舌から溶け込むように甘く心を癒して。

いろいろな感情がせりあがってきて、なにかいいたいのに、言葉にならなかった。

いままで叫びだしたくても、内に抱え込むしかなかった。

ほんとは怖くて怖くて――あの松岡学園の寮の事件のときも、この世から消え去りたいと願うほどつらかったのに、誰にも本音をぶちまけることができなかった。

橘の貼り紙を見たときも怖かった。もう自分は昔とは違うのだから大丈夫だといいきかせながらも、またこの寮でも同じことが起こるのではないかと実際は不安でたまらなくて……。

でも、僕は篠宮先輩がそばにいてくれるから強くなろうと思えたのだ。

「俺はきみが好きだよ。きみのおかげで、俺自身も変われたから。いつもきみを見ているのに、変な噂なんかで嫌いになるわけがない」

うれしくて笑いたいのにうまく笑えなくて、僕の口許がゆがむ。一気に感情の栓《せん》が開いてしまったみたいだった。

さまざまな感情がごっちゃになって、自分では制御できずに涙があふれた。

「――遥」

顔をぐしゃぐしゃにして泣きだした僕を抱き寄せて、篠宮先輩はそっと頭をなでてくれた。

僕も先輩が好きです――そう答えるつもりだったのに、どうしてこんなにみっともなく泣いているのか。

顔をひたすら大きくゆがめて真っ赤になって、とうてい綺麗とはいえない姿をさらして、わがままな子どもみたいで恥ずかしかった。

「……すいません」

「いいんだよ。ずっと我慢してたんだろう。よくあんなことを書いた紙を貼りだされて、橘の前で冷静でいられたね。俺の前では気にしなくていいから」

僕はかぶりを振ってなんとか口を開こうとする。

だけど、しゃべろうとすると、目の奥が熱くなって、涙がよけいにこぼれてしまうみたいだった。

篠宮先輩が目許を指でぬぐってキスしてくれるたびに、涙は流れて、止まらなくなった。

やがて僕は無理にしゃべろうとするのをあきらめて、涙が流れるのに任せた。たくさん泣いたら、心の底にたまっていた澱《よど》みがなくなって、晴れやかに澄んでいく。

篠宮先輩は涙で濡《ぬ》れてひどい顔になっている僕を覗き込んで、「大丈夫だから」とくりかえしてくれた。

もう強がったりする必要は微塵《みじん》も感じなかった。いま腕から離されてしまったら、また泣いてしまいそうだったので、僕は自ら身を寄せて、「抱きしめていてくれますか」と頼む。

「いいよ。一晩中でもこうしてあげる」

篠宮先輩は満足そうに僕の背中に手を回すと、額の髪をかきあげてくちづけてくれた。

「――やっと甘えてくれた」

橘は一週間の停学が決まり、すぐに青嵐寮に転寮になった。

先生立ち会いのもとに、僕への謝罪も行われた。橘は相変わらず愛想はなかったけれども、もう僕を睨むことはなかった。目を合わさないのはふてくされているわけではなく、どういう顔をしたらいいのかわからないようにも見えた。

反省文を読み上げるような型通りの謝罪だったが、橘が一番僕に対して攻撃的になった理由は、「ほんとは自分にかかわるのが迷惑だ」と思われていると感じたからだという。

停学期間終了後、同じクラスの七瀬の話では、橘は相変わらずしゃべらないし、ひとりでいるらしかった。だけど、以前みたいにつねになにかに怒っているような刺々《とげとげ》しさはなく、ひたすら静かにしているとのことだった。

やがて十二月の期末試験に向けて、寮内は一気に学習集中ムードになり、橘のことは若葉寮でも話題にのぼらなくなった。

期末試験が終わると、いつものように学校でも寮でも解放的な雰囲気が漂い、終業の日を迎えた。

クリスマス礼拝はいつにも増して厳《おごそ》かな雰囲気のなかで行われた。

ページェントでは聖書朗読に合わせて、キリスト降誕の場面が演じられる。練習の成果もあって、僕は無事に与えられた大天使の役をこなした。

ページェントが終わると、校長の挨拶とともにチャペル内の照明が落とされ、ハンドベルの音色があたりに響き、壇上のキャンドルから点火された火が、燭火役の生徒によって前から後ろへ、隣へ、次々と炎が渡されていく。

「——今年もみなさんとともに燭火礼拝を開催できることを感謝いたします」

チャペル内の階段状の座席は生徒ひとりひとりが手にもつキャンドルの煌《きら》めきに彩られる。

幻想的な光のなかで、皆いつになく厳粛な面持ちになっていた。

礼拝の時間は、僕もときどき眠たくてどうしようもないこともあるけれども、揺らぐ炎の先を見つめていると、今日ばかりは自然と背すじが伸びた。

明日からは冬休みで、あと十日あまりで一年は終わる。

闇のなかで揺らぐ——手元のキャンドルの炎を見つめながら、春からの出来事を振り返った。

檀上からは「ろうそくは自らを燃やし、あたりを照らす。わたしたちも同じく隣人を照らす光となり——」という牧師の先生の説教の声が朗々と響く。

僕が小さな炎のなかに見たのは入寮の日に出会った篠宮先輩の姿だった。手のひらに載せられたキャンディ。あの甘さにつつまれて、僕の小さな世界は変わってしまったのだから。

クリスマス礼拝が終わると、今日から帰省する者も多く、寮内では別れの挨拶の声が行き交っていた。昭島や七瀬たちも帰るというので、玄関まで見送った。

ちょうど朝倉も帰るところだったらしく、出口のところで顔を合わせた。

「例の件、じゃんけんで決めような」

朝倉は一方的に宣言すると、僕の返事も待たずにさっさと「じゃあな」と逃げるように去ってしまった。

どちらが寮長か副寮長になるかという話だが、僕としては両方とも辞退して、ほかのひとにやってもらいたいと思っているので、じゃんけんは勘弁してほしかった。でも、その件はあらためて執行部のミーティングで相談するとして――いま、僕はもっと重大で厄介な個人的な案件をかかえている。

僕が寮事務室に寄って手続きをすませてから部屋に戻ると、篠宮先輩も学校から帰ってきていた。

「――よかった。姿が見えないから、もう帰ったのかと思った」

「先輩に挨拶しないで帰るわけがありません」

「そうだね。遥は礼儀正しいから」

僕が挨拶をするわけでもなく突っ立ったままでいるので、篠宮先輩は首をかしげた。

「帰省の支度しなくていいの？」

「――さっき残寮の手続きをしてきたから。あと二日はここにいます」

「家の都合？　このあいだ訊いたときには今日帰るっていってなかった？」

「……親には、寮の行事があるからといったので。終業の日に帰ってこいとはいわれてたんですけど。二日だけ延ばして……」

寮に残ると決めたのは、ほんの数日前だった。クリスマス礼拝当日は寮に残る者も結構いる。だが、翌日には大部分が帰省してしまって、寮生がほとんどいなくなると聞いた。二十八日から一月四日までは完全に閉寮になる。

「そうか。じゃあ二日間は遥と一緒にいられるんだ」

篠宮先輩がさらりというので、僕はなかなか残ろうと思った理由を告げられなかった。目許がじわじわと熱くなる。

「――篠宮先輩と一緒にいたいから……残ったんです」

篠宮先輩はわかっているというように頷いてから、ふと目を瞠《みは》った。僕は必死に言葉を紡ぐ。

「今日はまだ寮生がたくさんいるから……明日の夜にはみんなほとんど帰省すると聞いたので。明日は、この階にも残っているのは僕たちの部屋だけで……」

僕は視線をどこに合わせていいのかわからずに、先輩のブレザーの二番目のボタンのあたりを見つめていた。

「――困ったな」

笑い混じりの声が聞こえた。まさか拒否されるとは思っていなかったので、自惚《うぬぼ》れていたことに頬の温度があがる。

篠宮先輩の腕が伸びてきて、僕を引き寄せた。

「そんなこといわれたら、明日の夜まで我慢するのが大変だ。今夜は地獄だよ」

抱きしめられて、「いわないほうがよかったですね」と僕が呟くと、篠宮先輩は肩を揺らして笑った。

翌日の若葉寮は午後を過ぎると早くも閑散としていた。

ひとの気配がしない廊下はひんやりとしていて、寮生たちのざわめきにつつまれているときとは違う空気が漂っているようだった。

オレンジ色の西日に染まる寮内を見ていると、遠い国でも訪れているような気分になった。

その夜、若葉寮には全館で十人ほどしか残寮していなかった。食事も風呂も青嵐寮ですませてから、僕たちは静けさの漂う寮に戻ってきた。

「――お化けがでそうだね」

「やめてください」

並んで歩きながら、篠宮先輩は「寮の七不思議って知ってる?」とやたらと僕をからかってきた。

おかげで、自室のドアを開けるときにも、なにかが潜んでいるのではないかと緊張してしまった。室内は暗くて、いつもよりも冷えているような気がした。

篠宮先輩が暖房のスイッチを入れる。

「大丈夫、なにもいないよ」

部屋の灯りをつけないまま、ふいに後ろから抱きしめられて、僕は息が止まりそうになった。

篠宮先輩の体温にすっぽりとつつみこまれて、頭のなかがぼんやりとした。

「……遥」

耳もとにキスされて、前に回されている手がからだの線をなぞる。布越しに、先輩の手のひらの熱がしっかりと押しあてられていく。

ハア……と荒い息が首すじを嬲《なぶ》った。

僕はそのまま立っていられなくなって、崩れ落ちそうになったところを、先輩の腕に支えられて、ベッドへと倒れ込む。

カーテンを閉めていない窓から、外からの灯りが差し込んできて、部屋を薄く照らしていた。

篠宮先輩は僕を仰向けにさせると、顎《あご》をとらえて、唇を重ねてくる。

最初はついばむように――徐々に深く、唇のあいだに舌が入り込んできて、濃厚なキスになる。

「……ん」

声がかすかに漏れるたびに、篠宮先輩は口をふさぐように唇をつけてきた。

口腔《こうこう》を先輩の舌がさぐってくる。

唇を吸われているだけで、からだが火照ってきて、僕はどうしようもなかった。恥ずかしい熱が下肢に疼《うず》く。

篠宮先輩がふいにからだを起こして、机の上の灯りをつけた。部屋が先ほどよりも明るい光のなかに浮かび上がる。

先輩はなにかを手にしてベッドに戻ってくると、ぼんやりと横たわっている僕の手をとってくちづけてくれた。

服を脱がされて、素肌になった部分から先輩の手がふれてくる。なにもからだを覆うものがなくなってから、すでに反応してしまっている下腹のものを見られて、僕は目許を赤くした。

先輩は自身も服を脱いで裸になると、僕の首すじにキスしながら、胸の突起に指を這わせる。刺激でしこったそれを好物みたいに舐《な》めて、甘い味がするように吸った。

いくら残寮している者が少ないとはいえ、おおっぴらに声はたてられない。僕は喘《あえ》ぎが漏れそうになるたびに口に手をあてた。

篠宮先輩はまるで意地悪をするみたいに、僕が声をあげて反応しそうなところを執拗《しつよう》にいじる。

「や……や」

尖《とが》った乳首を舐められながら、下腹で硬くなっているものをこすられて、僕は身悶《みもだ》えせずにはいられなかった。

「かわいいね……ほんとに遥は……」

篠宮先輩は僕の乳首を指ではじいては舐めて、吸うのをくりかえした。全身が痺《しび》れるような心地よさが襲ってきて、ほどなく僕は先輩の手を白い体液で濡らしてしまう。

ハアハアと荒い息を吐きながら目じりに涙が滲《にじ》んだ。先輩の指や舌がふれてくれたところから、すべてが甘く溶けだしそうな気がした。

火照って汗ばんだ肌のうえを、先輩の視線がゆっくりと這っていく。

腹から胸に飛び散った体液をそっと指でなぞるようにしてから、先輩は僕の腰の後ろに手を入れてきた。

谷間の部分に指がふれる。

「——遥が全部欲しい」

僕はなにもいえなくて、ただ頷くだけで精一杯だった。

「足、もっと開いて」

甘い囁き声に導かれて、いうとおりにからだを開く。

閉じている部分にひんやりとクリームみたいなものが塗りこめられるのがわかった。先輩の指が慎重に円を描いてマッサージするようにあたりをほぐす。

長い指がクリームのぬめりを借りて、中に入ってくる。自然と腰が揺れてしまう。

閉じようとした腿《もも》を押さえつけて、先輩は指でそこを馴らした。異物感に耐えて硬直していたからだが、ふいに一点を探られて、柔らかくほころぶ。

「ん………ん」

先ほど射精した自分のものが再び勃《た》ちあがるのがわかって、僕は頰が火傷《やけど》したみたいに熱くなった。

篠宮先輩の眼差しが甘い熱を孕《はら》んで、僕の全身に注がれる。

「……苦しかったら、やめるから」

先輩はたまらないように荒い息を吐いて、僕の額に許しを乞うようにキスを落とすと、自身の腰を押しつけてきた。

指の代わりに、大きな熱の塊がこじあけるようにして入ってくる。

「ん……」

「力抜いて――怖くないから」

そうはいわれても、下肢を引き裂かれてしまいそうで、どうしても抵抗してからだが硬くなってしまう。

眉間《みけん》に皺《しわ》をよせている僕の目許に、篠宮先輩は何度もくちづけてくれた。乳首を指で揉《も》まれて、甘いものがからだの奥からあふれだす感覚に、全身のこわばりが溶ける。

篠宮先輩はゆっくりと腰を進めて根元まで入れると、ほっとしたように息を吐いた。はにかんだような笑みのキスが唇に落とされる。

僕は首の後ろに手をまわして、必死にしがみつくようにした。

篠宮先輩はしばらく動かないでいてくれたが、やがてつらそうに目を細めた。

「ごめん……もうちょっと限界かな」

そういうなり、僕の腰をかかえあげると、前後に揺らしはじめる。

先輩の剝きだしの硬い熱が、僕の内部を擦る。火をつけられたみたいに、快感がからだじゅうを巡って体温があがった。

篠宮先輩の口から「は――」と色っぽい声が漏れた。

まるで苦痛を覚えているような顔が却って扇情的にすら映って、薄い色の瞳に欲情の熱が灯るのを見るたびに、僕の腰の奥は甘く疼く。

「遥――」

先輩は耳朶を噛みながら、「……すごく気持ちいいよ」とかすれた声で囁いて、僕の頬をさらに火照らせた。

「好きだよ」

反則みたいに告げられて、僕は顔をそむけてかぶりを振る。

「や……」

篠宮先輩の腰の動きが徐々に激しくなり、僕をシーツの上に押さえつけるようにして荒々しく揺さぶった。

僕が大声を上げそうになると、キスで唇がふさがれる。

「ん――」

窒息しそうな眩暈《めまい》のなかで、からだのなかの先輩の熱が弾けるのを感じた。

つながった場所が溶けあったみたいに離れなくて、僕は先輩の熱につつみこまれたまま意識を失いそうになった。

終章

ひんやりとしたなかにも明るい陽射しが緑を照らす。

蔦《つた》のからまる煉瓦《れんが》造りの建物は清々しい光を浴びて、開け放たれた窓から新緑の匂いの空気が流れ込む。

若葉寮には新たな春が巡ってこようとしていた。三月の初めには竹内《たけうち》先輩をはじめとした三年生が卒業していき、寮内は少し淋しくなった。

三年生の一人部屋が空くと、自分の部屋が決まった二年生は順次引っ越していく。そうして二人部屋のからっぽになったベッドと机は、四月の新入生を待つことになるのだ。

僕はまた少し背が伸びて、気がつくと去年の春には袖口が余っていたブレザーがぴったりになっていた。入学時には一六七センチだった背丈が一七二センチになって五センチ伸びたのだから無理もない。

毎朝ブレザーに腕を通すたびに、さすがにこれ以上伸びたら、制服を作り直すことになるのではないかと心配になる。

学校から寮に帰る途中で、僕は同じく青嵐寮に戻ろうとしている橘の姿を見た。

僕に気づくと、橘はわずかに眉をひそめて、すれ違いざまに「おう」と軽く声をかけてきた。だが、それ以上は話さなかった。

僕も軽く手をあげて応える。長らく交流もなかったが、つい先日、橘は僕に「すまなかった」とあらためて謝ってきた。

以前、先生たちの前で謝罪したときのように反省文口調ではなく、「どうかしてたんだよ、俺——ごめんな」というぶっきらぼうなものだった。

結局、橘は従兄弟から聞いた松岡学園の噂を広めることはなかった。だから、僕は「もういいよ。気にしてないから」と答えた。

橘は相変わらず独りでいることが多いけれども、青嵐寮に移ってからは少しずつ同室の子たちとも交流しているようだった。寮担任の先生が体育会系なので、暑苦しくかまわれているうちに彼のなかで変わってきたものがあるらしい。

まだ現在は顔を合わせて挨拶するようになっただけで、親しく話すこともないが、もしかしたら僕と橘もいずれ違った関係になれる日がくるのかもしれなかった。

変わり映えのない毎日がつらなっていくようでいて、季節は確実に移り変わっている。

「遠山、明日のミーティング何時から？」

寮事務室の前で七瀬に声をかけられて、僕は「六時から」と答える。廊下の途中で「お、遠山、おかえり」と昭島にも会って、まったく同じことを質問された。

先日、寮自治会の執行部の引き継ぎが行われたばかりだった。篠宮先輩のいっていたとおり、七瀬も昭島も執行部に入った。

そして僕は――。

「……ただいま戻りました」

部屋のドアを開けると、篠宮先輩が「おかえり」と応えてくれた。足元に段ボールがあるのを見て、僕はわずかに表情を硬くする。

「……部屋を移動するんですか」

「まだだけど。春休みまでに移ればいいから。箱をもってきただけ」

とはいえ、ほとんどの二年生はもう先週あたりに一人部屋に移っていた。篠宮先輩は遅いくらいだった。

冬休みにやっとからだをつなげて――年が明けてから、日々はあっというまに過ぎ去った。三学期はとくに時間が経つのが早い。

先輩がこの部屋からいなくなるなんて――いつかその日がくることはわかっていたけれども認めたくない。

僕が力なく椅子に腰かけると、篠宮先輩は小さく息をついて椅子を引いて近くに寄ってきてくれた。

「そんな顔をしない。俺は一人部屋にうつるだけで、消えるわけじゃないんだから。遥は新寮長だろう?」

「はい」

僕はずっと固辞していたのだが、執行部の先輩たちには自治会の仕事の段取りを把握しているし、特別な事情がない限り、一年のリーダーが寮長と副寮長になるものだと諭された。

最終的には「遥なら大丈夫」という篠宮先輩の声に背中を押されたかたちだった。そういわれてしまったら逆らえない。なぜなら、僕は若葉寮にきてからずっと先輩の声に導かれてきたのだから。

朝倉とは話し合いの末に、「おまえのほうが男子校的に絵になる」と意味不明の理屈で押しきられて、結局僕が寮長になった。

篠宮先輩から引き継いだ役職なのだから、精一杯やりたいとは思うが、さすがに朝倉が寮長のほうが良かったのではないかと思う。

「僕よりも朝倉のほうが堂々として見えるんじゃないかと思うんですけど」

「寮長でも副寮長でも、どっちもたいして変わらないよ。名前だけだから。俺と御園もじゃんけんで決めたし」

「……あ、そうなんですか」

初めて知った——と思いながら頷くと、篠宮先輩は「嘘だよ」と笑った。

むっと表情をこわばらせる僕の鼻を、先輩は軽く指でつつく。

「遥もしっかりして見えるよ。ここにきたときにくらべたら、だいぶ背が伸びたし。新入生には綺麗な先輩だって憧れられて――きっと王子様に見える」

「……からかわないでください」

「ほんとに」

篠宮先輩みたいなひとにいわれても、まったく説得力がないのだった。

先輩の、からかうように細められる目許の長い睫毛《まつげ》に、僕はからだを深くつなげるようになったいまでも、ふと見惚《みと》れてしまう。

僕にとっての王子様は、ずっと篠宮先輩だった。それはこの先も変わらない。こんなふうにひとりのひとを眩《まぶ》しく見つめる季節など――そうありはしないのだから。

大げさだと笑われても、僕にとって先輩は待ちわびた春の日の光をそのまま写し取ったような存在で……。

遠いからこそ、近づきたいと願った。

「――遥？」

考えていたことを読みとってくれたように、篠宮先輩がふいにからだを寄せてきて、僕の額の髪をかきあげてキスをしてくれる。

何度されても不意打ちではからだが震えてしまって、僕は目許を赤くして視線を落とす。

「……俺は遥のそばにいるよ。部屋が分かれるだけで、ほかはなにも変わらない」

「はい……」

「——それに、一人部屋になるんだから、遥が時間のあるときに遊びにきてくれればいい。土日とか休暇とか、帰省でひとが少なくなることもあるし」

篠宮先輩は何気なくいうけれども、ひとが少ないときに自分たちがなにをしていたかと記憶を辿《たど》ると、僕はさらに顔を熱くして「……はい」とうつむくしかなかった。

「——そうだ、これ。渡しそびれていたんだ」

篠宮先輩が机の上から写真をとって手渡してくれた。

「遥は写真を撮られるのをいやがってたみたいだから。森園祭ではメイドにもなってくれなかったし」

「あれは……ほんとに写真がいやで逃げたわけじゃなくて……」

否定しながら、僕は写真を手にとって眺めた。

去年、入寮礼拝のあと、先輩が僕を撮影してくれたものだった。まだ少し大きめの制服を着た僕が、驚いたような顔をして写っている。

写真のなかの一年前の自分は、正視に耐えなかったけれども、なつかしさに思わず口許がゆるむ。

思えば、森園にくる前は「うまくやらなければ」と不安でいっぱいだったのだ。それなのに、篠宮先輩と出会って、僕は入寮一日目から不思議と穏やかな気持ちで眠りについたことを思い出す。

これからどんなことが起こるんだろうとわくわくしながら——。

まだ、このときの僕は知らない。自分が一年後にどうなっているのか。写真を撮ってくれた先輩のことをこんなに好きになっているなんて。周りのひとに支えてもらいながら、寮長になることも。

若葉寮にきてからの日々が、頭のなかでアルバムの頁《ページ》のように鮮やかにめくられていった。どの場面も、すべて甘い蜜で覆われたようなやさしい色合いをしていた。

「——さっき橘に会ったんです」

僕がそう告げると、篠宮先輩はかすかに眉根をよせて「そう」と頷いた。

「挨拶をしてくれました」

「——遥は強いね」

「先輩のおかげです」

篠宮先輩がいてくれるから、橘のことも僕は穏やかに考えられる。すべてがうまくいくとは限らないけれど、そうあればいいと願える。

篠宮先輩と部屋が分かれてしまうのは淋しかったが、三年生は一人部屋、そして二年生と一年生が同室だという若葉寮にきたからこそ、いまの僕があるのだった。

これから篠宮先輩は一人部屋に移り、この部屋には新しい一年生が僕の同室者として入ってくる。

去年の僕と同じく、たぶんどんな先輩と一緒になるのだろうかと不安と期待に満ちた目をしているに違いなかった。

先輩に近づくためにも、僕も頼りにされるような存在になりたかった。

「――遥。これもいいそびれてたんだけど、いいことを教えてあげる」

先輩は僕を見つめると、かすかにはにかむように視線を落として、自分の机のキャンディポットを手にとった。

ひとつふたつ、と僕の手のひらに落とされる、綺麗な包みのキャンディ。

「初めて出会ったとき――ほんとは図書館の前で迷っているきみの姿を見て、この子が同じ部屋の子だといいなと思ってたんだ。寮に案内するっていったら『大丈夫です』って遠慮されたから、もう少しだけ話したくて、とっさに呼び止めて飴をあげた。そしたら、ほんとに同じ部屋で――こんなに好きになった」

「…………」

思いがけない告白に、僕はびっくりして目を瞠ったあと――どういう顔をしていいのかわからなかったけれども、自然と頬がゆるんでしまった。

先輩の言葉はいつも魔法みたいだった。キャンディみたいに、心のなかに甘く溶ける。うまくいかないことはたくさんあって、世界は決して思い通りにはならないけれども、やさしいこともあると教えてくれる。

篠宮先輩が僕の腕を引き寄せて、そっと唇をかさねてきた。

頭のなかに初めてキスしたときの雨の日の情景が甦った。山の上のひんやりした空気を感じながら夜明け前に手を握られたことも、夏の日の陽射しのなかで初めて互いの体温を感じとった瞬間も——静かな夜のなかで深く結ばれた時間も、いろいろな場面が瞬時にかけめぐる。

日々は過ぎ去っていくけれども、僕のなかにやさしく降り積もる想いを残してくれる。それは甘くて、ときには切なくて、結果的には僕を一歩前へと進めてくれる。

僕はきっと今夜も篠宮先輩と初めて出会った夜と同じように、眠りにつく前にこう考えるのだ。

明日はどんなに善い日だろう——と。

あとがき

はじめまして。こんにちは。杉原理生《すぎはらりお》です。

このたびは拙作『制服と王子』を手にとってくださって、ありがとうございました。

全寮制の高校を舞台にしたお話となっております。久々にナイーブな感じの少年を主人公にしてみました。

今回は最初から「少年」を書きたくて、井上《いのうえ》ナヲ先生にイラストをお願いしたのですが、「寮もの」というのは担当様からのリクエストです。

男の子たちが何気ないことを話していたり、じゃれあってるような場面を書くのが好きです。それひとつではあまり意味のないようなことが積み重なっていって、少しずつ気持ちが動いて変化していくような風景を思い浮かべながら文章を書きました。

さて、お世話になった方に御礼を。

イラストの井上先生には、スケジュールの件で大変ご迷惑をおかけしてしまって申し訳ありませんでした。現時点で表紙と口絵カラーの一部を拝見しているのですが、非常に美しく雰囲気のある絵を描いていただきました。自分でイメージしていた以上にとても綺麗な少年たちで、絵の空間そのものが繊細で惹きつけられます。お忙しいところ、素敵な絵をありがとうございました。

お世話になっている担当様、今回も原稿が予定通りに仕上がらず、ご迷惑をおかけして申し訳ありません。ただでさえ遅れているスケジュールにもかかわらず、ぎりぎりまで原稿の差し替えなどに対応してくださって感謝しております。今後は状況を改善するように努力いたしますので、どうぞよろしくお願いいたします。

そして最後になりましたが、読んでくださった皆様にも、あらためて御礼を申し上げます。

寮ものということで、複数の男の子を登場させることができて楽しかったです。今回はストレートに多感な男の子たちが惹かれあって、少しずつ距離を縮めて成長していくところを描いてみました。

作中の空気感のイメージを固めてみても、なかなか執筆中にそれが持続せず、かなりの難産でしたが、わたしらしい語り口のお話にはなっていると思うので、気に入っていただければうれしいです。

毎回ほんとうに書き上がるのかと自分でも不安になるような状態で執筆しておりますが、苦戦しつつもなんとか頭のなかのイメージを形にできたお話ですので、読んでくださった方に少しでも楽しんでいただければ幸いです。

杉原　理生

この本を読んでのご意見、ご感想を編集部までお寄せください。
《あて先》〒105－8055　東京都港区芝大門2－2－1　徳間書店　キャラ編集部気付
「制服と王子」係

■初出一覧

制服と王子……書き下ろし

Chara

制服と王子

……【キャラ文庫】

2014年6月30日　初刷

著者　杉原理生

発行者　川田修

発行所　株式会社徳間書店

〒105-8055　東京都港区芝大門2-2-1

電話048-451-5960(販売部)

03-5403-4348(編集部)

振替00140-0-44392

印刷・製本
カバー・口絵　株式会社廣済堂

デザイン　間中幸子（COO）

定価はカバーに表記してあります。

本書の一部あるいは全部を無断で複写複製することは、法律で認められた場合を除き、著作権の侵害となります。

乱丁・落丁の場合はお取り替えいたします。

© RIO SUGIHARA 2014

ISBN978-4-19-900754-5

好評発売中

杉原理生の本
【恋を綴るひと】
イラスト◆葛西リカコ

「俺の魂の半分は、竜神の棲む池に沈んでるんだ」。人嫌いで、時折奇妙なことを呟く幻想小説家の和久井《わくい》。その世話を焼くのは大学時代からの親友・蓮見《はすみ》だ。興味はないと言うくせに、和久井は蓮見の訪問を待っている。こいつ自覚はないけど、俺が好きなんじゃないのか…？　けれどある日、彼女ができたと告げると、態度が一変!!「小説の参考にするから彼女のように抱いてくれ」と求められ…!?

好評発売中

杉原理生の本

【息もとまるほど】

イラスト◆三池ろむこ

17歳の夏、一度だけ従兄弟ではなく恋人として、熱く求められた二日間——。両親を亡くし、伯父の家で育った透《とおる》には、彰彦《あきひこ》は恋人以上に兄で大切な家族だった。この恋が成就しても、きっと皆を傷つける…。血を吐く想いで諦めた透。けれど11年後、疎遠だった彰彦が、なぜか会社を辞め実家に帰ってきた!!　再会して以来、優しい兄の顔を崩さない彰彦だが、時折仄暗く熱を孕む瞳で見つめてきて!?

好評発売中

杉原理生の本【きみと暮らせたら】

イラスト◆高久尚子

実家を出て、男ばかりのシェアハウスに入居することになった大学生の一哉《かずや》。ところが隣室になったのは、十年前に別れたきりの幼なじみの真帆《まほ》だった――!? 花より可憐な美少女は、眼光鋭い強面な男前に大変身!! 昔は「大きくなったら一緒に住もうね」と懐いてきたのに、なぜか一哉に無愛想で素っ気ない。そのくせ一哉から目を離さず世話を焼いては、他の住人とは特別扱いしてくれて…!?

好評発売中

杉原理生の本
【親友の距離】
イラスト◆穂波ゆきね

親友の距離
杉原理生
イラスト◆穂波ゆきね
「おまえと再会してから、
俺は上手くやれているか？」

親友だと思っていた男から突然の告白!? 応えないまま忘れてくれと告げられ、そのまま距離が遠くなって6年──。大学時代の親友・七海《ななみ》と仕事で再会した進一《しんいち》。動揺する進一と裏腹に、七海は気まずい過去など忘れた様子。何の屈託もない笑顔は本心なのか…？ 七海との過去を思い返しては、真意が掴めず戸惑う進一。けれど二人で飲んだ夜、酔った七海が「もう失敗したくない」と呟くのを聞き…!?

投稿小説★大募集

『楽しい』『感動的な』『心に残る』『新しい』小説――

みなさんが本当に読みたいと思っているのは、どんな物語ですか？　みずみずしい感覚の小説をお待ちしています！

•応募きまり•

[応募資格]

商業誌に未発表のオリジナル作品であれば、制限はありません。他社でデビューしている方でもOKです。

[枚数／書式]

20字×20行で50〜300枚程度。手書きは不可です。原稿は全て縦書きにして下さい。また、800字前後の粗筋紹介をつけて下さい。

[注意]

①原稿はクリップなどで右上を綴じ、各ページに通し番号を入れて下さい。また、次の事柄を１枚目に明記して下さい。
（作品タイトル、総枚数、投稿日、ペンネーム、本名、住所、電話番号、職業・学校名、年齢、投稿・受賞歴）
②原稿は返却しませんので、必要な方はコピーをとって下さい。
③締め切りは特別に定めません。採用の方にのみ、原稿到着から３ヶ月以内に編集部から連絡させていただきます。また、有望な方には編集部からの講評をお送りします。
④選考についての電話でのお問い合わせは受け付けできませんので、ご遠慮下さい。
⑤ご記入いただいた個人情報は、当企画の目的以外での利用はいたしません。

[あて先]

〒105-8055 東京都港区芝大門2-2-1
徳間書店 Chara編集部 投稿小説係

投稿イラスト★大募集

キャラ文庫を読んで、イメージが浮かんだシーンをイラストにしてお送り下さい。キャラ文庫、『Chara』『Chara Selection』『小説Chara』などで活躍してみませんか？

•応募きまり•

[応募資格]

応募資格はいっさい問いません。マンガ家＆イラストレーターとしてデビューしている方でもOKです。

[枚数／内容]

①イラストの対象となる小説は『キャラ文庫』か『Chara、Chara Selection、小説Charaにこれまで掲載された小説』に限ります。
②カラーイラスト１点、モノクロイラスト３点の合計４点。カラーは作品全体のイメージを。モノクロは背景やキャラクターの動きの分かるシーンを選ぶこと（裏にそのシーンのページ数を明記）。
③用紙サイズはＡ４以内。使用画材は自由。

[注意]

①カラーイラストの裏に、次の内容を明記して下さい。
（小説タイトル、投稿日、ペンネーム、本名、住所、電話番号、職業・学校名、年齢、投稿・受賞歴、返却の要・不要）
②原稿返却希望の方は、切手を貼った返却用封筒を同封して下さい。封筒のない原稿は編集部で処分します。返却は応募から１ヶ月前後。
③締め切りは特別に定めません。採用の方にのみ、編集部から連絡させていただきます。また、有望な方には編集部から講評をお送りします。選考結果の電話でのお問い合わせはご遠慮下さい。
④ご記入いただいた個人情報は、当企画の目的以外での利用はいたしません。

[あて先]

〒105-8055 東京都港区芝大門2-2-1
徳間書店 Chara編集部 投稿イラスト係

キャラ文庫最新刊

暴君竜を飼いならせ
犬飼のの
イラスト◆笠井あゆみ

ティラノサウルスの遺伝子を持つ恐竜人の可畏《かい》に目をつけられた、極上の血を持つ潤《じゅん》。恐竜人の集う学園に転校させられて……!?

制服と王子
杉原理生
イラスト◆井上ナヲ

全寮制男子校に入学した遥《はるか》の同室者は、眉目秀麗で成績優秀、寮長も務める先輩の篠宮《しのみや》だ。できすぎな篠宮をいぶかる遥は……!?

予言者は眠らない
樋口美沙緒
イラスト◆夏乃あゆみ

父が交通事故に遭う夢を見て以来、予知夢に怯える浩也《ひろや》。ところが、憧れの年下の高校生・高取《たかとり》に告白される夢を見てしまい!?

FLESH《フレッシュ》 & BLOOD《ブラッド》㉒
松岡なつき
イラスト◆彩

ジェフリーと共に、アルマダ艦隊との初戦に向けてついに出航した海斗《かいと》たち。けれど、悪天候でスペインの船足が乱れ始めて!?

不響和音　二重螺旋9
吉原理恵子
イラスト◆円陣闇丸

篠宮《しのみや》家のスキャンダルに巻き込まれた、従兄弟の零《れい》と瑛《あきら》。尚人《なおと》の高校の文化祭で、零、瑛、そして弟の裕太《ゆうた》が勢ぞろいして…!?

7月新刊のお知らせ

洸［カウントダウン］cut／小山田あみ
神奈木智［守護者がめざめる逢魔が時3（仮）］cut／みずかねりょう
菅野 彰［かわいくないひと］cut／葛西リカコ
火崎 勇［理不尽な求愛者2（仮）］cut／駒城ミチヲ

7月26日（土）発売予定

お楽しみに♡